Für Anna

Toi, toi, toi!

Alles liebe
Clemens

edition
lex liszt 12

31. 12. 2008

Erste Auflage 2009

Raingasse 9b, A–7400 Oberwart, Austria
Tel +43(0)3352/33 940, Fax +43(0)3352/34 685
e-mail: info@lexliszt12.at, http://www.lexliszt12.at
ISBN: 978-3-901757-85-3

Produktionsleitung: Horst Horvath
Lektorat: Annemarie Klinger
Foto Cover: Florian Lang
Entwurf und Layout: Eveline Rabold / Rabold Kaufmann und Co.,
www.rabold-kaufmann.at
Druck: Europrint, Pinkafeld

kultur BURGENLAND

Die edition lex liszt 12 wird im Rahmen der Kunstförderung des Bundesministerium für Unterricht, Kunst und Kultur unterstützt.

Clemens Berger

Gatsch / Und jetzt

Zwei Stücke

edition lex liszt 12

Gatsch

Einakter für Sie und Ihn

2004

ER nachlässig, SIE gut gekleidet. SIE frisch, ER leicht betrunken. Das Publikum dürfte zu früh gekommen sein. SIE flüstert IHM etwas ins Ohr.

ER
Ich weiß nicht
SIE
Hör auf
ER
Die Gadsche sind so komisch
SIE
Komm jetzt
ER
Ich versteh sie nicht
Sie sind so seltsam
SIE
Du nimmst dir alles zu sehr zu Herzen
ER
Ts
SIE
Vorhin hab ich eine Dame belauscht
Du sähst so undiszipliniert aus
So passend irgendwie
Ob du nicht selbst
ER
Ts
SIE
Einer seist
Komm
ER
Sie sind so merkwürdig
So

SIE
Sagen Sie doch selbst
Sieht er etwa nicht wie ein Rom aus
Bitte
Ein wenig schon
Diese Antriebslosigkeit meinen Sie
Dieses Selbstmitleid
Dieses in sich eingeschlossen Sein das alle andern ausschließt
Und Sie
Könnte einer sein sagen Sie
Man wisse es meistens aber nicht immer ganz genau
Manche vermischten sich mit der Bevölkerung
Zögen anderswohin
Seien nicht mehr erkennbar auf einmal
Sozusagen unsichtbar fürs ungeschulte Auge
Wie
Könnte ja auch ein Inder sein oder Pakistani oder Rumäne
Bulgare weiß der Teufel
Ein Österreicher mit indischen oder pakistanischen
Oder rumänischen oder bulgarischen Eltern
Oder nur mit einem albanischen Vater
Oder einer bosnischen Mutter
Und so weiter im Oder
Siehst du
Sie nehmen's dir ab
ER
Abnehmen
SIE
Zumindest glauben sie nicht dass du's nicht bist
ER
Wenn ihn mir einer abnähme wär ich glücklich
SIE
Komm jetzt

ER
Ich weiß nicht was sie von mir wollen
Die Gadsche sind so sonderbar
SIE
Warum immer Gadsche
ER
Ich mag das Wort
Hört sich wie Gatsch an
SIE
Gatsch
ER
Morast
Aufgeweichtes Erdreich nach dem Regen
In dem du knöcheltief versinkst und schmatzend weiterstapfst
Hupf in Gatsch
Hab ich als Kind geschrien
Wenn mir jemand auf die Nerven ging
Es gingen mir viele Jemande auf die Nerven
Meistens waren mir die Niemande
SIE
Und das sollen die Leute hören wollen
Wie
Dafür haben Sie nun wirklich nicht bezahlt
Genau
Dafür haben Sie
Wie Sie flüstern
Eigentlich gar nicht die Zeit
Und für Ihr hart erarbeitetes Geld
Das nicht auf der Straße liegt
Wie er meinen könnte
Haben Sie sehr wohl das Recht
Etwas Kulturelles geboten zu bekommen
Hörst du

Die Leute da unten haben bezahlt
Um den Schauspieler spielen zu sehen
Was ist denn das für eine Schau
Die du da bietest
Komm jetzt und spiel
ER
Ich weiß nicht was Sie von mir wollen
Sie kommen in Scharen an diesen Ort
Um zu sehen
Wie ich einen Rom spiele
Ich versteh Sie nicht
Da leben Sie in dieser Stadt
In der es genug davon gibt
Sie sehen sie auf der Straße
Beim Einkaufen
Im Schwimmbad
Nicht in der Siedlung
Dort nicht
Das ist ihre Welt
Die ihnen die Gemeinde gebaut und
Jaja
Sehr wohl zur Verfügung gestellt hat
Nicht wahr
Und jetzt kommen Sie hier her
Ins Theater
Um einen Schauspieler zu sehen
Der einen Rom spielt
Ist das nicht verrückt
Das ist das Normalste von der Welt
Sagen Sie
Jaja
Für Sie
Aber ich

Ich muss ja in einen andern hineinschlüpfen
Nicht dass ich noch nie
Nicht dass ich nicht erfolgreich
Überaus erfolgreich sogar
In einen andern hineingeschlüpft wäre
Aber ich muss mich hier und jetzt für Sie
Nur weil Sie an der Kasse einen
Verschwindend geringen Anteil
Ihrer sonstigen Ausgaben abgegeben haben
In einen Rom hineinschlüpfen
Oder in einen Zigeuner
So genau weiß ich das nicht
Glauben Sie das macht mir Spaß
SIE
Glauben sie ja nicht
ER
Glauben tut man in der Kirche oder mit k die Äpfel
Und was ist beim Klauben am höchsten
Der Hintern
SIE
Das ist deine Arbeit
Sie brummen da ganz zu Recht
Dass ein jeder seine Arbeit zu tun hat
Wo kämen wir denn da hin
Wenn nicht jeder seine Arbeit täte
Sie sagen es
Wir sind ja keine Zi
Was
Ach so
Das haben Sie nicht
Naja
Das kommt davon
Wenn man immer nur so murmelt

Wissen Sie
Wenn man immer nur ganz leise
Und mit gedämpfter Stimme
Und hinter vorgehaltener Hand
Und unter uns
Und jetzt einmal ganz im Vertrauen
Aber dass der da seine Arbeit tunlichst tun sollte
Das ist immerhin wahr
Also
ER
Wegen eines gespielten Roms kommen Sie her
Auf die Bühne soll er gebracht werden
Sie im Dunkeln
Er im Licht
Und Sie wollen um alles in der Welt etwas lernen dabei
Erfahren wollen Sie
Wie er sich bewegt
Der Rom
Wie er spricht
Wie er denkt
Was er mit seiner Zeit tut
Und du fällst mir in den Rücken
Hervorragende Partnerin
Mit der ich wochenlang
Und Tag für Tag
Und meist bis spät in die Nacht
Unser Stück geprobt habe
In dem ich
Müssen Sie wissen
Einen hoffnungsvollen jungen Zigeuner spiele
Der es allen Unkenrufen zum Trotz zu etwas gebracht hat
Den die Verhältnisse in der Siedlung nur gestärkt
haben fürs Leben

Die Beschimpfungen in der Schule nur härter
Die Lokalverweise nur unbeugsamer
Und die Verdächtigungen nur vorsichtiger
Gemacht haben
SIE
Wenn er nicht will
Will er nicht
Da haben wir's ja meinen Sie
Er ist einer
Und von denen könne man
Wenn's ernst wird
Nicht mehr erwarten
Sie haben sich
Wie bitte
Eingehend damit beschäftigt
Will heißen Bücher gelesen
Mit offenen Augen und Ohren die Roma beobachtet
Das liege durchaus in ihrer Geschichte beschlossen
Wie alles seine Geschichte habe
Die erklären helfe
Wer und was warum wie wurde
Wie bitte
So wollen Sie es auch wieder nicht verstanden wissen
Und dass auch ein Gadscho ein Zi
Gleichviel
Bei den Proben haben wir glänzend harmoniert
Das würden Sie jetzt vielleicht kaum für möglich halten
In Wirklichkeit war ich noch nie mit
Einem anderen Schauspieler
So fein abgestimmt wie mit ihm
In den ich junge
Zeitgenössische
Aufgeschlossene

Kosmopolitische Frau
Mich verliebe
Ja
Wahnsinnig verliebe
Vor allem die Szene wo ich ihn
Mit dem ich in derselben
ER *lacht*
Ich meine
Der gleichen
ER *lacht*
Ich meine
Innerhalb des gleichen Ortsgebietes
ER *lacht*
Ich meine
Mit dem ich einst dieselbe Postleitzahl teilte
So
Wie ich ihn also Mitte unserer Zwanziger
Zum ersten Mal in Wien treffe
Und zwar zufällig
Das müssen Sie sich einmal
ER
Folgendermaßen vorstellen
Beginnt eine Straße entlang zu schlendern.
SIE kommt IHM entgegen, ER rempelt SIE versehentlich an.
SIE
Pass auf
ER
Pass selber auf
SIE
Idiot blöder
ER
Selber

SIE
Aus welchem hintersten Winkel kommst denn
Dass du nur selber sagen kannst
ER
Burgenland
Und selber
SIE
Ich selber auch
ER
Siehst
SIE
Seh ich was
ER
Selber aus dem hintersten Winkel
SIE
Aber deiner ist hinterer
Woher
Kleinbachselten
Rumpersdorf
Was
Hasendorf
Tobaj
Auch nicht
Spitz oder Eisenzicken
Jabing vielleicht
Heugraben
Drumling
Siget
ER
Kalt
Brr
Und selber

SIE
Oberwart
ER
Selber
SIE
Was selber
ER
Ich selber auch
SIE
Du
Ich mein
Das kann nicht
Ich hab dich
ER
Ich selber dich auch nicht
SIE
Wo wohnst du
ER
Wien
SIE
Vorher
ER
Am Anger
SIE
Am Anger
ER
Und selber
SIE
Am Zuckerberg
ER
Schuldenberg
SIE
Meinetwegen

ER
Selber schuld
SIE
Woran
ER
Dass du deswegen keinen Kaffee mit mir trinken gehst
SIE
Selber schuld
ER
Woran
SIE
Dass du das glaubst
ER
Sie ist wunderbar
Wir gehen in ein Kaffeehaus
Wir verstehen einander auf Anhieb außerordentlich gut
Außer jeder Ordnung
Wenn Sie wissen was ich meine
Als hätten wir unser gesamtes bisheriges Leben
Aufeinander gewartet
Als wäre unser gesamtes bisheriges Leben
Bloße Vorbereitung
Auf diesen Zufall gewesen
Auf diese Begegnung
Die uns zufällt wie ein absolut unerwartetes Geschenk
Von dem geträumt zu haben
Man sich nicht einmal vor sich selbst zuzugeben getraute
Auf einmal gehen unsere beiden Welten auf
Unsere ureigenen
Ganz ganz tief in uns verschlossenen
Die wir den andern nie zeigen durften
Weil wir es nicht wagten
Immer machten wir das Licht über unseren Welten aus

Und gingen nur selbst und klammheimlich
Mit der Taschenlampe hinein
Aber da
Im Kaffee Alt Wien
Gleich in der Nähe des Stephansdoms
Verbinden sich diese Welten aufs Erstaunlichste
She connects with me
I connect with her
Das ist das Wort
Connect
Wie bei zwei Computern die verbunden werden
Da ist kein Virus
Nur Leben
Nur Übertragung
Von ihr zu mir
Von mir zu ihr
Und was da übertragen wird
All diese fein abgestimmten unterirdischen Schwingungen
Lässt den Kopf innen ganz ganz warm werden
Als hätten wir nicht einen Kaffee und ein Achterl
Sondern fünf Mokka und acht Achterl getrunken
So trunken sind wir
SIE
Am nächsten Tag
Ja
Sofort nach dem Aufwachen will ich ihn anrufen
Bin ohnehin noch immer mit ihm verbunden
Bis zum Einschlafen habe ich in mir
Unentwegt mit ihm gesprochen
Und nach dem Aufwachen sofort wieder
Aber wie sieht das aus
Gleich nach dem Aufstehen anrufen
Anrufen muss ich

Er könnte ja zuhause sitzen
Oder irgendwo sonst
Und am Display seines Mobiltelefons
Immer und immer wieder auf meine Nummer starren
Als liege der Schlüssel zum Leben
In dieser Nummer verschlossen
Eine Nacht ist vergangen
Die Wärme in seinem Kopf könnte trügerisch sein
Bei mir
Könnte er denken
Könnte es ganz anders aussehen
Obwohl es nach außen hin nicht anders ausgesehen hat
Da erinnert er sich ans Selber
Er vom Anger
Ich vom Zuckerberg
Also muss ich
ER
Also sitze ich in der Ubahn
Das Telefon läutet
Wissen Sie wer es ist
Sie
Gänsehaut
Innenweltbeben
Zum Glück fährt der Zug gerade in eine Station
Ich unverzüglich raus
Um mit ihr sprechen zu können
Ohne die Leute zu schockieren
Die sind ja immer so still
Ich selber alles andere als still
Denke immer noch schon wieder an gestern Abend
Und wie schön es wäre
Wenn sie
Wenn sie

Hab ich vom Aufstehen an gedacht
Und da meldet sie sich
Für die Zukunft hoffentlich
Ich nehme den Ruf an
Es ist phantastisch
Unsere Zwischenwelt setzt einfach fort
Wo sie nie unterbrochen wurde
Als wäre es ein Wunder
Bis zu diesem Zusammenstoß
Ohne einander gelebt haben zu können
SIE
Hat er großartig gespielt
Bei den Proben
ER
Die Rolle meines Lebens
SIE
Nicht nur deine
Jetzt zerstörst du sie
ER
Die Gadsche sind so misstrauisch
SIE
Hör auf
ER
Sie sind so heimtückisch
Sie werden mir nicht glauben
Wie schnell ich meinen
Ungemein schwierigen Text gelernt hatte
Schon bei den allerersten Proben
Als sie noch gestottert hat
Musste mir niemand weiterhelfen
SIE
Man hat ihn über den grünen Klee gelobt
Als vierblättriges Kleeblatt sozusagen

ER
Du warst eifersüchtig
SIE
Kann sein
ER
Könnten Sie mir jetzt endlich
Wo Sie noch immer
Und tatsächlich unverwüstlich
Und wüst entschlossen hier sitzen
Vielleicht bitte doch erklären
Was Sie von mir wollen
Hier
In diesem vermaledeiten Saal
In den Sie mich zu sehen geströmt sind
Würde mich interessieren
Tatsächlich ist es mir mittlerweile völlig gleichgültig
Ob Sie glauben oder nicht
Dass ich bei der gestrigen Generalprobe
Wie ein kleiner Gott gespielt habe
So erfüllt und so erfüllend bin ich tänzelnde Lichtgestalt
Auf der Bühne auf und ab geschwebt
So versunken in die Rolle des jungen
Einnehmenden
Liebenswerten
Leise melancholischen Roms
Der sich fürchterlich in die junge Frau vom andern
  Ende der Stadt verliebt
Der andererseits selber so liebenswürdig ist
Dass sie sich augenblicklich in ihn verlieben muss
Wahrscheinlich noch im Moment des Angerempeltwerdens
Als sie zum ersten Mal in jene Augen blickt
Aus denen Schelm und Harlekin
Zusammen funkeln

SIE
So dürfte es gewesen sein
ER
Von da an treffen wir einander immer wieder
Alles andere wird völlig nebensächlich
Vielleicht kommen Sie morgen wieder
SIE
Aussichtslos
Meine sehr geehrten Damen und Herren und alles
Was dazwischen liegt
Aussichtslos
Ich weiß nur zu gut
Dass sein unerträgliches
Ja unduldbares Verhalten
Auch auf mich zurückfällt
Wie meinen Sie
Dass es immer so sei
Und dass Sie sich jetzt schon wirklich nicht mehr
sicher seien
Ob er keiner sei
Ein Nachname allein sage ja noch nichts
Wie
Ach so
Sie nur ja nicht falsch zu verstehen
Es gebe solche und solche
Nur solche gebe es mehr
ER
Bis ich einschlafe
SIE
Was
ER
Ich bleib da bis ich einschlafe

SIE
Und ich steig ins Auto
Und lass mich hier nie wieder blicken
Deinen Namen hab ich schon jetzt
Beinahe für immer vergessen
ER
Wenn Sie auch einschlafen sollten
Und Sie vielleicht
Ja Sie auch
Und wir morgen gemeinsam aufwachten
Könnte ich durchaus bereit sein
Zum Frühstück alles wiedergutzumachen
Ich werde meinen Hut durchgehen lassen
Mit dem Geld in die Bäckerei laufen
Ihnen Semmeln und Milch bringen
Und während Sie schmatzend und schweigend frühstücken
Werde ich darben
Ja mehr noch
Während Sie morgen Früh Ihre Semmeln essen
Könnte es durchaus sein
Dass ich in meine Rolle hineinerwacht bin
Urplötzlich als der junge Rom
Mit den Semmeln und der Milch
Zurückgekommen sein
Und Ihnen meine Rolle vorspielen werde
Als sei sie gar keine
Ja
Es könnte sogar der Fall eintreten
In dem ich noch besser spiele als bei der Generalprobe
Bei der ich so gut gespielt habe wie noch nie
SIE
Idiot
ER

Ehrenwort
SIE
Was heißt Ehre
Hier brummelt man längst
Einem wie dir müsse man unverzüglich die Lizenz
Bitte
Genau
So haben Sie sich ausgedrückt
Nicht nur die Lizenz
Sondern alle Lizenzen zusammen entziehen
Ob man denn so etwas überhaupt schon
habe erleben müssen
Irgendwo
ER
Haben Sie noch nie Kopfschmerzen gehabt
SIE
Lass das
ER
Fürchterliche
Entsetzliche
Absolut marternde Kopfschmerzen
SIE
Dann trink nicht so viel
ER
Ich habe fürchterliche
Entsetzliche
Absolut marternde Kopfschmerzen
Weil ich Angst habe
Vor *Ihnen* einen Zigeuner spielen zu müssen
Eigentlich habe ich diese
Fürchterlichen
Entsetzlichen
Absolut marternden Kopfschmerzen

Seitdem ich die Rolle angenommen habe
SIE
Die du ja nicht hättest annehmen müssen
ER *zieht einen Flachmann hervor und nimmt einen Schluck*
Wegen *Ihnen*
Und aus der Angst vor *Ihnen*
Und aus der Angst um den
In den ich für *Sie* hineinschlüpfen soll
Habe ich ja recht eigentlich
Überhaupt erst zu trinken begonnen
Ich habe so viel getrunken
SIE
Allerdings
ER
Bis ich nur mehr der war
Den ich heute für Sie verkörpern sollte
Das Problem ist
Dass der
In den ich hineinschlüpfen sollte
Nicht trinkt
Oder nur sehr wenig
Und als ich zur letzten Vergewisserung auf die Bühne ging
Und Sie alle voller Erwartung
Und mit verzaubert leuchtenden Kinderaugen
Hereinkommen sah
Packte mich der Gedanke
Es könnte unangenehm sein
In wenigen Minuten
Einen jungen sympathischen Rom spielen zu sollen
SIE
Besser gleich aufgeben
ER
Ich habe aus Angst vor *Ihnen*

Einen Schluck getrunken
Aus Angst vor *Ihnen* einen weiteren
Einen aus Angst vor *Ihnen*
Zwei aus Angst vor der Regie
Zwei aus Angst vor dem Autor des Stücks
Das gerade am Ende des ersten Aktes
  angekommen sein sollte
Und drei aus Angst vor ihr
Die sie die junge Frau so märchenhaft spielt
Dass ich mich beinahe wirklich in sie verliebt hätte
SIE
Reiß dich zusammen
ER
Schon zusammenge
Auseinander
SIE
Der zweite Akt
Beginnt mit unserer Rückkehr nach Oberwart
Undoder Felsöör undoder Erba
Ich stelle ihn meinen Eltern vor
ER
Reizende Menschen
Macht ja nichts
Sagen sie
Wir machen keinen Unterschied
SIE
Wen unsre Tochter liebt
Den akzeptieren wir
Punkt
ER
Ihre Ferien haben begonnen
SIE
Ich studiere Betriebswirtschaft

ER
Und ich hab immer Ferien
Oder nie
Wie Sie wollen
SIE
Er ist Musiker
ER
Gitarrist
Aber nicht irgendeiner
SIE
Beim Spielen sieht man ihn immer von hinten
Ja
Wie bitte
Zumindest diesen zweiten Akt hätten Sie gern gesehen
ER
Entschuldigung
Ich weiß nicht
Wer oder was in mich gefahren ist
Warte
SIE
Was denn
ER
Letzte Szene erster Akt

Ein Cafétisch mit zwei Stühlen. Am Tisch zwei Gläser Wein, ein Aschenbecher. SIE nimmt IHM gegenüber Platz.

SIE
Gitarrist
ER
Irgendwas muss ich ja tun um leben zu können
SIE
Das ist doch nicht irgendwas

ER
Ich tu halt was ich am besten kann
SIE
Viele Groupies
Kreischende Mädchen
Die einen gutaussehenden Gitarristen umschwärmen
ER
Kommt vor
SIE
Der Gitarrist natürlich böse tätowiert
ER
Das wollte ich gerade
SIE
Ja
ER
Morgen Mittag musst du mitkommen
SIE
Aha
ER
Ich lass mich tätowieren
Die schönste Tätowierung überhaupt
SIE
Die schönste Tätowierung überhaupt
ER
Ich lass mir dich tätowieren
SIE
Schmeichler
ER
Schwöre
Zum Wohl
SIE
Sehr zum Wohl
Sie stoßen an. ER will SIE küssen.

ER
Du weißt
Was in der Regieanweisung steht
SIE
Könnte mich nicht erinnern
ER
Sie küssen einander

Ab. Bühnenarbeiter bauen ein Wohnzimmer auf. Im Hintergrund rufen SIE und ER abwechselnd »Bruno« und »Iris«, bis nur noch SIE nach den beiden ruft. ER brüllt: »Erwin«,»Erwin Horvath«, »Peter«, »Peter Sarközi«, »Karl«, »Karl Horvath«, »Josef«, »Josef Simon«. SIE versucht IHN zu überbrüllen.

SIE
Sie sind nicht mehr da
ER
Wer ist nicht mehr da
SIE
Die Schauspieler
Die meine Eltern spielen sollten
Sind verschwunden
ER
Wer ist nicht mehr da und warum
SIE
Sie müssen diesen Irrsinn hier beobachtet haben
Sie dachten wohl
Die Aufführung sei ins Wasser
ER
In den Gatsch
SIE
Gefallen

Als sie
ER
Ein Schild
SIE
Ihn da so sitzen sahen
Und überhaupt
Meine sehr geehrten Damen und Herren
Und was immer jenseits davon liegen mag
Ist niemand mehr da
Mit dem oder der wir den zweiten Akt
ER
In den Gatsch schleudern
SIE
Spielen könnten
Es ist mir entsetzlich peinlich
Aber die Schauspieler sind ab
ER
In Stücke
SIE
Gerissen
Sei still jetzt
Wegen dir können wir nicht mal den zweiten Akt spielen
Was wird morgen in den
ER
Zeitungen
O Gott o Gott
Was haben uns die vier Toten angetan
Dass alle nur noch schlecht über uns
SIE
Die Aufführung ver
ER
Zer

SIE
Verrissen
Weil du elendiglicher Schafskopf von einem Idioten
Nur säufst und zu blöd bist
Dich einmal in deinem Leben am Riemen zu reißen
Ewiges Talent
Das wird man
ER
Das werden sie uns niemals
SIE
Nicht heute und nicht morgen
ER
Weil's die ganze Welt gesehen hat
SIE
Es ist mir
Sehr geehrte Anwesende
Hier und jetzt ein Herzensanliegen
Mich für diesen Abend zu entschuldigen
ER
Dass Sie das haben ansehen müssen
SIE
Aber sie sind
ER
Weg
klatscht
SIE
Was
ER
Zweiter Akt
Wir spielen
SIE
Aber

ER
Sie wären hier und hier gesessen
Aber sie sind nicht mehr da
Also stellen Sie sich bitte vor
Hier wäre ihr Vater gesessen
Und hier ihre Mutter
Ihre Brüder können Sie sich auch vorstellen
Die sind auch nicht da
Die wären auch nicht hier
Sondern in ihrem Zimmer
Oder in einem Lokal
Oder unterwegs
Oder in der Arbeit
Oder bei einer Freundin
Oder vor einer Hinweistafel
SIE
Ich habe ihn vorgestellt
ER
Sie mochten mich von Anfang an
SIE
Wie witzig er ist
Sagt meine Mutter
ER
Wie kräftig
Der Vater
Der hier gesessen wäre
SIE
Wir essen
ER
Zigeunerroller
SIE
Blödsinn
Forelle

ER
Ich bin nervös
Da bei den Gadsche
Wo sie wieder welche sind
Weil ich mich als Rom enthüllt habe
SIE
Wir trinken Wein
Lachen
Erzählen uns Geschichten
ER
Es wird immer später
SIE
Eigentlich geschieht nicht viel
ER
Wir sprechen vom Zusammenziehen
SIE
Als plötzlich ein ohrenbetäubender
ER
Hab das jetzt nur ich gehört
SIE
Wenn's bei uns diese chinesischen Feuerwerksfabriken gäbe
ER
Würd ich auch meinen sie sei explodiert
Sagt der Vater
Der hier gesessen wäre
SIE
Wir rätseln
ER
Was das war
SIE
Trinken die Flasche leer
ER
Gehen zu Bett

Was ich übrigens gern gespielt hätte
SIE
In der nächsten Szene erwache ich
Das Bett neben mir leer
Ich kann ihn noch am Polster riechen
Presse meine Nase gegen das Laken
Wo er lag
So vertraut riecht das
So sehr nach Heimat
Die aus zweien besteht
Er ist nicht da
ER
Ist bei denen
Die nicht mehr da sind
SIE
Nur ein Zettel neben dem Bett
Eine auf der Rückseite beschriftete Postwurfsendung
Ihr seid alle schuld
Steht da
ER
Genau deswegen kann ich heute nicht für Sie
In diesen außerordentlichen jungen Rom schlüpfen
Ich will hier vor Ihnen tatsächlich nicht
Ihr seid alle schuld auf einen Zettel kritzeln müssen
Und überhaupt hatte ich seit Probenbeginn Angst
Heute Abend falsch zu spielen
SIE
Du warst gut
ER
Darum geht's nicht
SIE
Um nichts anderes geht es

ER
Wenn ich einen auf nett und sympathisch
Und gar nicht zu unterscheiden mache
Sagen die einen
So ist er nicht
Neinnein
Und die andern
Der verleugnet sich und die Seinen
Und die Wurzeln noch dazu
SIE
Und
ER
Und wenn ich einen auf eigen mache
SIE
Was
ER
Der ist eigen
Sagt man hier
Seltsam
Merkwürdig
Außerhalb der ordentlichen Ordnung
Wenn ich den gebe
Und mir einen gewissen Akzent untermische
Und die Gitarre voller Hingabe spiele
Wenn ich dir meine Geschichte erzähle
Als säße ich noch immer vorm Lagerfeuer
Als stünde im Hintergrund ein Wagen
Als wäre die Welt ganz anders und näher an der richtigen
Sagen die einen
Sie wollen sich nicht ändern
Und die andern sagen
Völlig verheddert ins Klischee
Ausgeburt eines Dilettanten

SIE
Wie du gespielt hast
War's gut
Was meinen Sie jetzt
Ist er einer oder müsste
ER
Er
SIE
Was
ER *zeigt auf jemanden*
Er lügt
Er stiehlt
Wenn auch auf seine Art
Er riecht nicht immer gut
Ist durchaus streitsüchtig
Sehr verschlagen
Er ist manchmal schlecht angezogen
Man könnte sagen ungepflegt
Liegt den ganzen Tag auf der faulen Haut
Was
Nur im Urlaub
Aber der Urlaub ist ja Ihr Inbegriff des guten Lebens
Er spricht ein merkwürdiges Deutsch
Das ihn durchaus unterscheidet
Kurz
Er ist einer
SIE
Ich weiß nicht
ER
Würden Sie mit mir Platz tauschen
Ich setze mich hier auf Ihren Platz
Und Sie gehen auf die Bühne
Sie müssen gar nicht spielen

Sie müssen sich nur ganz natürlich auf der Bühne bewegen
Alle werden glauben
Und somit wissen
Dass Sie ein Zigeuner sind
Und dann
Wenn Sie sich da oben eingerichtet haben
Werden wir Sie wie einen Zigeuner zu behandeln beginnen
Einverstanden
SIE
Lass gut sein
ER
Ich versteh die Gadsche nicht
SIE
Du verstehst dich selbst nicht
ER
Versteh nicht
Wie sie mit dem Gatsch umgehen
SIE
In ihm umgehen
ER
Wie sie in weißen Anzügen in ihm umgehen
Und die zerfetzten Glieder vom Gatsch auflesen
Sie in Plastikbeutel stecken
Die vielen Plastikbeutel in Autos verstauen
Wie sie später die Glieder wieder zusammenzusetzen versuchen
Die sie dann auf ihrem Friedhof begraben lassen
Die Solidarischen
Die Mitfühlenden
Die Schauer werden gekommen sein
Der Bundeskanzler und die andern Wichtigen auch
Und wie sie dann später
Jahre nachdem schon wieder welche

Auf einmal nicht mehr da waren
Die von Anbeginn nicht hätten da sein sollen
Weil die ganze Kette
Auf immer hätte durchschnitten werden sollen damals
Den Weg zum Ort
An dem ich aufgewachsen bin
Endlich benennen
Aber wie er den Namen eines Naziarztes bekam
Versteh ich nicht
Und warum welche
Und das sind ja immer Bestimmte
Auf einmal nicht mehr da sind
Weil sie nicht mehr da sein sollen
Versteh ich nicht
SIE
Das verstehst du nicht
ER
Die Gadsche versteh ich nicht
Und den Gatsch auch nicht
In dem wir nach jedem Regen stapften
Einmal da
Dann wieder dort
Wo immer sie uns aus dem Weg haben wollten
Knöcheltief der Gatsch
In dem die vier
SIE
Lass gut sein
ER
Hupf in Gatsch
Sollte ich dir am Telefon sagen
Nachdem du meinen Zettel gefunden hast
Aber ich tu's nicht
Wir lieben einander

Du und ich
Wir haben den Gatsch im Aug
Ich meinen
Du deinen
Alle andern
Überhaupt alle die sagen
So ist die Welt
So war die Zeit
Sollen verdammtnochmal in den Gatsch hupfen
Und unglaublich tief in ihm versinken
Für immer liegenbleiben sollen sie
Sich in alle Ewigkeit ausmorasten
Weil die von dort aufgeklaubt wurden
Nicht mehr aufstehen
SIE
Jetzt bist du einer
ER
Vielleicht
SIE
Da hast du's
ER
Kann sein
SIE
Wir gehen jetzt am besten
ER
Vielleicht noch den Schluss

Sie fassen einander an den Händen und verbeugen sich.

Und jetzt

Ein Stück

2008

Personen:
ER
SIE
EINE THERAPEUTIN

Eins
Das Begräbnis

Wohnzimmer. ER und SIE auf einer Couch, vor ihnen ein Fernsehgerät. Das Begräbnis Waldheims wird übertragen.

SIE
Vor einem Monat war ich bei diesem Begräbnis
ER
Der Nichtwahr nicht wahr
SIE
Der Bruder meines Großvaters
ER
Zum Glück konnte ich nicht mitkommen nicht wahr
SIE
Vor dem Sarg stand ein schwarzer Priester
Der aus Nigeria gekommen ist
Und ich war nur auf diesem Begräbnis
Um mich an dem Gedanken zu erfreuen
Leise
Bei mir
Im Hintergrund

Dass dieser alte Nazi
Dieses Scheusal mit dem schleimigen Grinsen
Mit dem Fett um den Mund
Und der Hand um den Mund um das Fett wegzuwischen
Im Namen des gleichen Gottes
Von einem Neger
Wie er gesagt hätte
Und wie er sich freute dieses Wort mit aller Verachtung auszusprechen
ER
Ein Neger nicht wahr
SIE
Dass er also von einem von denen
Die es ihm zufolge bei uns
Und im Endeffekt gar nicht geben sollte
Vor seiner Familie und den letzten alten Nazis verabschiedet wird
ER
Wir haben nicht nur zu wenige Kinder nicht wahr
Selbst die Priester müssen wir schon importieren nicht wahr
SIE
Er hätte sich im Grabe umgedreht
Eine Runde und noch eine Runde
Er hätte sich gar nicht mehr zu drehen aufgehört
Ich empfand eine unbeschreibliche Genugtuung
Wie schön ist das
Am Ende empfiehlt ein schwarzer Priester
Der besser deutsch spricht als er es je tat
Seinen Leichnam der Güte Gottes
Und sollte die gerecht sein
Müsste sie ihm verwehrt bleiben
ER
Dass du immer so streng sein musst

SIE
Er glaubte ja bis zum Schluss dass die Russen an allem Schuld seien
Und die Amerikaner
Aber hinter denen sah er die wirklich Bösen
Das Böseste vom Bösen
ER
Er war auch einer gründlichen Gehirnwäsche unterzogen worden nicht wahr
SIE
Der Ruß
Sagte er immer
Oder
Der Amerikaner
Wenn er vom Feind sprach
Aber er sagte immer
Die Juden
ER
Sei beruhigt meine Liebe
Die Nichtwahrs sterben aus
SIE
Und dass die hätten ausgerottet werden sollen
Fand er nur in Ordnung
Seine Schwester hatte doch in der Zwischenkriegszeit
Bei Juden den Haushalt führen müssen
Als sei das nicht eine Arbeit wie jede andere
Sondern eine lebenslange Demütigung
Und dein
ER
Ich habe dir hunderte
Tausende Male habe ich dir gesagt
Wie schlimm ich finde
Was er sagt

Wenn er die Nachrichten kommentiert
Wenn er vom Krieg spricht
Wenn er
Aber er ist mein Großvater
Er hat mich zur Schule gebracht
Er hat mit mir Fußball gespielt
Er hat mit mir im Wald Pilze gepflückt
Er hat mir geholfen wo er konnte
Soll ich meinen Großvater hassen
SIE
Soll ich darauf antworten
ER
Sollst du nicht
SIE
Wie geschmacklos
Die lächerlichen Bübchen mit ihren bunten Käppchen
Ihren Schärpen und den geschniegelten Haaren
Und ihren Säbeln damit sie auch Schwänze haben
Ja was haben wir denn da
Die putzigen Männchen aus Tirol
Mit ihren feisten Bäuchen und blitzenden Gewehren
Dürfen auch nicht fehlen
Den Andreas Hofer tragen sie mit ehrfurchtsvollen Blicken vor sich her
Ich hoffe sie schwitzen sehr
ER
Mit fünfzehn Jahren
Verstehst du
Mit fünfzehn Jahren
Die besten
SIE
Es muss schwer sein sich einzugestehen
Dass man die besten Jahre seines Lebens

Oder die wichtigsten
Im schlimmsten Krieg aller Zeiten
Auf der Seite des Bösen gekämpft hat
ER
Die Vertreter der Weltreligionen
Wenn ich das schon höre
SIE
Du bist ja auch noch bei dem Verein
ER
Siehst du einen Juden
SIE
Nein
ER
Ich sehe keinen Vertreter des Judentums
Sagt der Moderator
Ich weiß nicht
SIE
Was weißt du nicht
ER
Das wird ihnen nicht gut bekommen
Alle waren da
Wird man sagen
Nur die Juden nicht
SIE
Der Pfarrer dieser Stadt
Predigt Sonntag für Sonntag in der evangelischen Kirche
Und ist ein alter Nazi
Und jeder weiß es
Aber er ist der Pfarrer
So haben sie sich alle ihre Talare umgeworfen
Ihre Politikertalare
Ihre Richtertalare
Ihre Polizeitalare

Ihre Lehrertalare
Ihre Direktorentalare
Ihre Obmanntalare
Ihre Funktionärstalare
Ihre Geschäftstalare
Und man hat nur noch die Talare gesehen
Aber die ihnen gerade noch entkommen waren
Als sie Hakenkreuze statt Talare trugen
Haben sie nicht vergessen
Und die Zigeuner draußen in der Siedlung
Hatten in grüner Tinte ihre KZ-Nummer am Arm
Und immer wenn ihnen der Polizist auf die Hände blickte
Muss er die Nummer gesehen haben
Aber dann ist er nachhause gegangen
Hat einen Schweinsbraten gegessen
Und gedacht dass sie's nicht anders verdient haben
ER
Als der da Präsident wurde
SIE
Jedes Mal wenn der Erzbischof das Wort Schuld ausspricht
Versucht er es betont unbetont auszusprechen
Als sei es diese allgemeine Schuld
Die jeder Mensch im Laufe seines Lebens irgendwie
auf sich lädt
ER
Als sein Porträt das Porträt des alten Präsidenten ersetzte
Hast du in der Pause den Lehrertisch an die Wand gerückt
Bist auf ihn gestiegen
Und hast dem neuen Präsidenten
Einen Kaugummi auf die Nase geklebt
SIE
Seltsam
Das hatte ich vergessen

Jetzt erinnere ich mich
ER
Ich habe dich bewundert
Für deine Frechheit
Für deine selbstverständliche Unerschrockenheit
Vielleicht habe ich mich da in dich verliebt

SIE steht auf, schenkt sich ein Gin Tonic ein und steckt sich eine Zigarette an.

SIE
Du hast dich in meine Frechheit verliebt
Wie schön
So ganz allgemein in meine Frechheit
Die du nicht hattest
Die du nie hattest
Du schlimmer Bub
Wie brav du warst
Aber du hast dich nicht in den Grund meiner
Frechheit verliebt
Nicht in ihre Gründe
ER
Sei friedlich
SIE
Ich habe ihm damals einen Kaugummi auf die Nase geklebt
Und jetzt streuen ihm alle Blumen
Ein großer Österreicher
Und ein Weltbürger obendrein
Als sei das kein Widerspruch in sich
So viel Böses wurde ihm angetan
Auf einmal hat nicht er Unrecht getan
Auf einmal wurde ihm von allen

Und von einigen gewissen Kreisen im Hintergrund
ganz besonders
Unrecht getan
ER
De mortui nil nisi bene
SIE
Das habe ich nie verstanden
Ich habe mich auf diesem Begräbnis unendlich gefreut
Dass der Unmensch unter der Erde ist
Dass er endlich aus dieser Welt verschwunden ist
ER
Weil ein Toter sich nicht mehr wehren kann
SIE
Dreh das ab
Sonst springe ich noch in den Fernseher
SIE legt Schönbergs Klavierkonzerte, gespielt von Glenn Gould, ein.
SIE
Dir ist das nur Geklimper
ER
Schon wieder ertappt
Ich bin nicht so feinsinnig wie du
SIE
Geklimper
Sonst nichts
Du verstehst nichts
Du verstehst mich nicht
ER
Besser als du glaubst
SIE
Du verstehst dich nicht
Du verstehst nichts

ER
Dafür liebe ich dich Schätzchen
SIE
Ich sage Hör
Aber du hörst nichts
Und wenn ich sage Sieh
Siehst du nichts
Du sitzt in deinem eigenen Gefängnis und siehst die Stäbe nicht
ER
Und du bist die Wärterin
Die oberste Wärterin meines Gefängnisses
SIE
Du siehst ein Bild an
Und siehst nichts
Du hörst Musik
Und hörst nichts
Du siehst einen Film und stehst beim Abspann auf
Mein Gott
Sagst du
Wie spät es ist
Ich muss morgen früh raus
ER
Ich brauche meinen Schönheitsschlaf
SIE
Da oben ist die Schönberggasse
Und wenn du die hinaufgehst
Klingelt nichts bei dir
Du wüsstest nicht einmal dass das
Was du Geklimper nennst
Etwas mit deinem Weg zum Moor zu tun hat
Die Musikschule
In der das Taktometer den Ton angibt

War eine Synagoge
ER
Das hast du mir schon hundertdreiundzwanzig Mal erzählt
SIE
Und die Nazis haben sie geplündert
Nachdem die Juden ihre eigene Flucht hatten
zahlen müssen
Und daraus ein Feuerwehrhaus gemacht
Aber wenn es bei den Juden gebrannt hat
Sind sie nicht ausgerückt
ER
Schrecklich
SIE
Du siehst nichts
Du hörst nicht
Du spürst nichts
Das ist auch schrecklich
ER
Ich spüre dich gern
SIE
Ich bin eine Schauspielerin
Jeden Tag spiele ich die andere von mir
Vor dir
Vor allen
Damit ich nicht so alleine bin
Spreche eure Gaunersprache mit
Damit ich nicht so alleine bin
ER
Du bist ja nicht einmal mit dir allein
SIE
Hörst du das
ER
Ich höre ja nichts

SIE
Die Schüsse
Einer
Und noch einer
Und dann
Und jetzt
Die Stille
ER
Ich kann bei bestem Willen nichts hören
SIE
Jetzt
Hörst du
ER
Vielleicht hast du so gute Ohren
Dass du ein Feuerwerk in der nächsten
  Bezirkshauptstadt hörst
SIE
Jetzt wieder
Die Schüsse
ER
Da ist nichts
SIE
Einer
Und noch einer
Gleich da
Im Nebenzimmer
Im Kinderzimmer
ER
Schwachsinn
SIE
Papa
Sagt einer
Papa Papa um Himmels Willen

Was
ER
Du solltest nicht so viel trinken
SIE
Ich liebe dich
Sagt der
Aber
Sagt der
Horch
ER
Beruhige dich
SIE
Wir gehen gemeinsam
Sagt er
Wir sterben aufrecht
Sagt er
Bevor sie uns abschlachten
Bevor sie uns alle auf eine entlegene Insel voller wilder Tiere schicken
Er küsst ihn
Hörst du das
Zum letzten Mal
Der weint
Der stammelt
Der bringt kein Wort mehr heraus
ER
Sei still
SIE
Jetzt wieder
ER
Ich bin es Schätzchen
Siehst du mich
Hörst du mich

Das ist meine Hand
Und dort ist unser Kinderzimmer
Und unser Kind ist nicht zuhause
Es schläft bei einem Freund
SIE
Die Schüsse
Sie sind so laut
ER
Komm zu mir Schätzchen
Bleib da
Bleib bei mir
Wir waren so glücklich
Weißt du noch
Als wir einzogen
Nach all den Jahren endlich unsere eigenen vier Wände
SIE
Unsere
ER
Und weißt du noch
Wie du nachhause kamst mit dem Kleinen
Ich hatte das Zimmer ausgeräumt
All die unnützen Dinge
Die ich nicht wegwerfen
Die ich aufheben wollte
Weiß der Teufel wozu
Und du bist im Krankenhaus
Und ich stehe vor ihnen und weiß gar nicht
Warum ich sie aufheben wollte
In ein paar Stunden war das Zimmer leer
Für unseren Kleinen
In ein paar Stunden hatte ich alles für uns ausgeräumt
SIE
Dann haben sie die Wände frisch gestrichen

Schön weiß
Schön sauber
Wegen des Blutes
Wegen des Geruchs
Wegen der Schmauchspuren

ER zerrt SIE zum Nebenzimmer und stößt die Tür auf.

ER
Was ist das
Ein Bett
Wiederhole
SIE
Ein Bett
ER
Ein Schreibtisch
SIE
Ein Schreibtisch
ER
Ein Fernseher
SIE
Ein Fernseher
ER
Ein Stuhl
SIE
Ein Stuhl
ER
Ein Schrank
SIE
Ein Schrank
ER
Ein Regal

SIE
Ein Regal
ER
Eine Lampe
SIE
Eine Lampe
ER
Ein Aquarium
SIE
Ein Aquarium
ER
Und was siehst du noch
Keinen Menschen
Wiederhole
SIE
Keinen Menschen
ER
Das Zimmer ist leer
SIE
Das Zimmer ist leer
ER
Unser Sohn
Sag schon
SIE
Unser Sohn
ER
Ist
SIE
Ist
ER
Heute
SIE
Heute

ER
Nicht zuhause
SIE
Nicht zuhause

Zwei
Die Probe nach der Probe

SIE
Weißt du eigentlich
Dass ich diese Geschichten satt habe
Wie viele Nazigeschichten
Wie viele Geschichten über Vertreibung Hass
Niedertracht Ausrottung
Habe ich schon gespielt
ER
Ich sage mir immer
So
Das ist die letzte Rolle
Die du in so einem Stück annimmst
Aber dann lese ich es
Dann bin ich mitten in der Geschichte
Und auch wenn ich noch so viel weiß
Es wird immer unheimlicher
Immer bedrohlicher
SIE
Ich wache schweißgebadet auf
Der Atem schnell
Dass ich in einem Konzentrationslager bin
Habe ich geträumt
Oder dass ich eine Aufseherin in einem
Konzentrationslager bin
Obwohl ich es nicht wollte
Stehe ich da als Aufseherin
Vor mir die ausgemergelten Gestalten
Und ich denke mir beim Aufwachen
Das kann es ja nicht sein

Dass du um deinen Schlaf gebracht wirst
Um deine Nerven
ER
Deine Nerven
SIE
Was heißt meine Nerven
ER
Deine Nerven haben auch was mit meinen Nerven zu tun
Du nervst meine Liebe
SIE
Ich habe gerade zufällig wie es der Teufel so will
leider Gottes niemanden
Dem ich das erzählen könnte
ER
Ich habe schlecht geschlafen
Ich habe etwas Schreckliches geträumt
Schrecklich
Höre ich ständig
Furchtbar
Atemnot
Schweißgebadet
Aber dann kommst du zur Probe und spielst die
große Anklägerin
Die oberste Wärterin
Als spieltest du gar nicht
Ich mag dich in der Rolle viel lieber als in Wirklichkeit
SIE
Wirklichkeit
Was für ein Dummkopf du bist
Was für ein naiver blau
ER
Braunäugiger

SIE
Braunäugiger
Letztlich vertrottelter Dummkopf du bist
ER
Dann nimm die Rolle nicht an
SIE
Aber das Geld Süßer
Der Lebenslauf
Die Lebenslaufrollen
Am Burgtheater wollte ich spielen
Am Akademietheater
Am Berliner Ensemble
In Hamburg
Und jetzt
ER
Und jetzt
Und jetzt
Und jetzt
Und jetzt
SIE verschwindet hinter der Bühne und kommt mit einem Hut zurück.
SIE
Aber du träumst von mir
ER
Wie du mich durchschaust
SIE
Was träumst du denn
ER
Du spielst am Burgtheater
SIE
Richtiger Traum
ER
Du stehst alleine auf der Bühne

Das Stück hat eben begonnen
Du sprichst die ersten Worte
SIE
Das ist gut geträumt von dir
ER
Aber der Meister am Schnürboden ist besoffen
Und in seiner Besoffenheit tritt er etwas los
Und ein Bühnenteil saust hinunter
Genau auf dich
SIE
Wenn ich die Anklägerin bin
Und du mein Ehemann bist
Träumst du von mir
Du hast mich beim Umziehen mit deinem
  Mobiltelefon fotografiert
Lass ihm seine kleinen Freuden
Habe ich mir gedacht
ER
Ich war einmal ein SS-Mann
Ich habe mich gehasst in dieser Rolle
Weißt du was die Zeitungen schrieben
SIE
Das hast du mir schon siebenundzwanzig Mal zitiert
Um mir zu beweisen
Wie gut du bist
Noch wenn du dich unmöglich fühlst
ER
In dieser kleinen Stadt
Alles wie in der großen Geschichte
Die Schurken die gleichen
Die Mitläufer die meisten
Die Gegner ermordet
Zwei Kommunisten erschossen

SIE
Was wollen Sie mir damit sagen Herr Lehrer
ER
Die Opfer die gleichen
Das Geschäft mit den Opfern das gleiche
SIE
Wie gerecht du bist
ER
Gell
SIE
Wenn du meinen Respekt willst
Oder anders
Wenn du wirklich ein Schauspieler bist
setzt ihm den Hut auf
Dann gehst du jetzt hinaus
Auf die Straße
Auf die Hauptstraße
Und in den Park
Und vors Rathaus
Und vors Gericht
Und spielst mit diesem Hut
Und bist so mutig wie jetzt mir gegenüber
ER
Warum sollte ich das tun
SIE
Weil du von mir träumst
Weil du dich nicht sattsehen kannst an mir
ER
Ich liebe selbstbewusste Frauen
SIE
Aber jetzt
ab

ER alleine vor einem Spiegel. Setzt den Hut auf, betrachtet sich, nimmt ihn wieder ab. Setzt ihn auf, nimmt ihn ab, immer schneller.

ER
Guten Tag der Herr
Ich habe da diesen Hut
Danke
Ich weiß
Das ist ja die Sache mit den alten Hüten
Das ist ein alter Hut
Sagt man
Aber das ist doch ein alter Hut
Nur mein Herr
Die alten Hüte sind die besten
Widerstandsfähig
Anpassungsfähig
An den Trägerkopf meine ich
Handgefertigt
dreht den Hut in der Hand
Gute Ware
Zwischenkriegszeit
Zeit vor der großen Katastrophe
Ich habe diesen Hut vererbt bekommen
Wie man so sagt mein Herr
Was man so sagt
Goethe zum Beispiel
Sie kennen das
deklamiert
Was du ererbt von deinen Vätern
Erwirb es
Um es zu besitzen
Der Hutmacher mein Herr

Muss hier um die Ecke gewohnt haben
Sehen Sie
zeigt die Schleife an der Hutinnenseite
Glaser
Steht da
Hauptstraße
Oberwart
Ein Jude
Der soll ja zurückgekommen sein nach der Katastrophe
Was du ererbt von deinen Vätern
Vater
Großvater
Hut
Goethe
Weimar
Buchenwald
Darf ich fragen wer Ihren Hut
Nein
lüpft den Hut
Guten Tag

Ach die Dame
Darf ich es wagen
Ihr mein ärmliches Ärmchen anzutragen
Blöde Sprüche
Was heißt Scherzkeks
Hut ab vor so viel Offenheit
Meine Güte
Was bin ich nicht für ein völlig vertrottelter braunäugiger Dummkopf
Spricht eine junge Dame so mir nichts ihr alles an
Sagt Hut ab zu ihrer Offenheit
Und hat den Hut auf

Ach die alten Zeiten
Die alten Sitten
Die alten Tugenden
Alles verloren
nimmt den Hut ab
Ein bisschen verstaubt meinen Sie
Altbacken
Aber schon das Wort altbacken
Ist altbacken
Wenn ich so sagen darf
Aber er hält den Regen ab
Der Regen fällt einem nicht auf den Kopf
Tschernobyl
Wie alt waren Sie da
Du
Natürlich
Wie alt warst du da
Zehn
Und der radioaktive Regen prasselt herunter
Die Pilze im Wald verstrahlt
Der Kopf gefährdet
Aber nicht mit einem Hut
Verstehst du
Oder der Schnee im Winter rieselt auf die Haare
Was ja schön aussieht
George Clooney zum Beispiel sieht aus
Als hätte er immer Schnee in den Haaren
Allein der Kopf ist immer warm
Heiß hitzig glühend
Und der Schnee beginnt zu schmelzen
Die Frisur ruiniert
Ist es kalt frieren die Haare ein
Gehirnhautentzündung

Meine Großmutter warnte mich immer vor einer
  Gehirnhautentzündung
Nicht mit einem Hut
Oder im Sommer
Unbarmherzig die Sonne
Jetzt hat einer keine Haare mehr
Oder sie haben sich gelichtet
streicht sich übers Haar
Wie unangenehm das sein muss
So ein Sonnenbrand am Kopf
Wenn ich an einem FKK-Strand liege
Muss ich immer daran denken
Die sensiblen Körperteile
Mit Hut
Nichts von alledem
Dieser Hut wurde allerdings hier gemacht
In dieser Stadt
Achtzig Jahre ist er alt
Nicht das schlechteste Alter für einen Hut
Altbacken aber gut
Kennen Sie einen Herrn Glaser
Nein
Ein Jude
Die Juden machen ja die besten Hüte
Der muss doch einen Namen haben
In der Gegend
Bei den Hüten

Bei den Hüten
nimmt ihn ab, präsentiert ihn
Das können Sie mir doch nicht erzählen
Dass man mit solchen Hüten in Vergessenheit gerät
Wo Sie doch auch einen Hut tragen

Mit diesen Hüten sind die Männer am Schabbat in
die Synagoge
Sie wissen schon
Wo jetzt die Musikschule ist
Und die andern Männer sind sonntags in die Kirche
mit diesen Hüten
Kein Begräbnis ohne diese Hüte
Ohne diese Hüte kein Sonntagsspaziergang
Ohne diese Hüte Ostern
Pessach ohne diese Hüte
Der Fiaker
Auch ein Jude übrigens
Ohne einen dieser Hüte
Das können Sie mir nicht erzählen mein Herr

Nehmen wir an
Ich nehme diesen Hut
Also ich ziehe den Hut vor dem
Der diesen Hut machte
Der diesen Hut fertigte
Fingerfertig
Vor der Abfertigung
Vor der selbstbezahlten Abfertigung
Also bevor in das Geschäft einer reinen Blutes einzog
Ein Christ
Oder kein Christ
Ein Nazi jedenfalls
Nehmen wir also an
Ich ziehe den Hut
Und gehe zu dem Haus in dem einmal dieser Hut
Von dem der diese Hüte fertigte
Gefertigt wurde
Und entferne von einem Verkehrszeichen vor dem Haus

Das Verkehrsschild
Lasse also nur die Stange stehen
Und setze den Hut an die Stelle des Verkehrsschildes

Eine Unverfrorenheit
Sagen die Leute
Ein Verbrechen
Sagt das Verkehrsamt
Eine sogenannte künstlerische Aktion
Sagen die Kunstkenner und malen naserümpfend
 Gänsefüßchen in die Luft
Aber wie soll ich meinen Hut ziehen
Vor dem der diesen ererbten Hut fertigte
Bevor er abgefertigt wurde

SIE betritt klatschend die Bühne.

SIE
Du bist ein großer Schauspieler
Ohne Publikum
ER
Du bist eine schöne Frau
Nervenkrank aber schön
SIE
streicht ihm über den Hinterkopf
Lichten sich da die Haare etwa schon
ER
Setzen Sie sich auf die Parkbank mit mir
Ins Licht
An die Straßenlichtung
Ich will Ihnen etwas zeigen Gnädigste
SIE
Die Juden mit den Besen

Da zeigen Sie mir nichts Neues
Die Rechtrassigen mit den Karabinern
Da zeigen Sie mir nichts Neues
Die Gaffenden und Lachenden
Nichts Neues für mich mein Herr
ER
Meinen Hut will ich Ihnen zeigen
Ich bin immer auf der Hut
Wissen Sie Gnädigste
Auf der Hut
Der Hut ist also immer auf
Man muss seinen Kopf so sorgfältig schützen heute
Vor so viel Ungeheuerlichem
Was glauben Sie
Hat er dann in Shanghai für die Chinesen Hüte gefertigt
Der Hutmacher aus dem Südburgenland
Oder in Südamerika für die Indios unter Tag
Die Koka kauen und mit fünfunddreißig sterben
Oder in Wien in einer Sammelwohnung
Da mussten alle auf der Hut sein
Und auch das hat den meisten nichts genützt
Oder hat er ein Lager überlebt
Der Hutmacher
Und haben sie die Hüte geschwenkt als er zurückkam
Seine Hüte
Und gerufen
Wie gut dass Sie wieder da sind
Wir brauchen neue Hüte
Die alten passen nicht mehr auf diese Köpfe
SIE
Jud Jud spuck in Hut
ER
Fang den Hut

Drei
Die in Frage gestellte Beziehung

THERAPEUTIN
Warum schlecht
ER
Sie hat unsere Beziehung in Frage gestellt
Nach sieben Jahren
Zum ersten Mal nach sieben Jahren
THERAPEUTIN
Wie ernst nehmen Sie das
ER
Sie sagt Entscheidendes immer nur
Wenn sie es sich lange überlegt hat
Das ist ja das Problem
Dass sie zuerst alles immer mit sich ausmacht
THERAPEUTIN
Was ist denn geschehen
ER
Diese beschissene Vergangenheit
Diese beschissenen Vergangenheitsgeschichten
Ihre unendliche Selbstgerechtigkeit
THERAPEUTIN
Dass Sie mit dieser Frau zusammen waren die sie so hasst
ER
Die beschissene Nazivergangenheit
Die Nazis
Und die SS
Und die SA
Und die GESTAPO
Und die Konzentrationslager
Und die Juden

THERAPEUTIN
Was hat das mit Ihnen zu tun
ER
Nichts
Das ist es ja
Gar nichts
Aber sie ist so indoktriniert
Sie liest ja nur Bücher über diese Zeit
Ist eine Dokumentation im Fernsehen
Sitzt sie schon davor und ist nicht anzusprechen
Und bekommt diesen Blick
Als würde ich gleich unsere Nachbarn denunzieren
Oder einen Juden an den Schläfenlöckchen auf
die Straße zerren
Wenn in den Nachrichten über Israel und Palästina
berichtet wird
Sage ich schon lange nichts mehr
THERAPEUTIN
Fühlen Sie sich schuldig
ER
Ich
Woran denn
THERAPEUTIN
An diesem Blick
ER
Dieser Blick
Dieser Blick
Soll ich Ihnen was sagen
Ich halte das für eine Geisteskrankheit
Wenn man nur in der Vergangenheit lebt als junger Mensch
Sie schläft nicht mit mir
Wenn sie eine dieser Dokumentationen gesehen hat
Wenn sie eines dieser Bücher liest dreht sie sich zur Seite

Eingerollt wie in einem Hockergrab
Hockergräberstellung
Wenn sie überhaupt ins Bett kommt
Und nicht stundenlang am Fenster steht und auf die Hauptstraße blickt
Mit einem Gin Tonic in der einen
Und einer Zigarette in der anderen Hand
Als marschierte die SA mit Fackeln und sänge die Fahne hoch
Die Straße frei
Ich bin in Therapie
Und sie ist geisteskrank
Ich bin in Therapie
Weil sie geisteskrank ist
THERAPEUTIN
Sie kamen zu mir weil Sie sich so leer fühlten
Weil Sie Angst hatten sie wegen dieser Leere zu verlieren
Weil Sie nicht sprechen
ER
Wissen Sie was sie glaubt
THERAPEUTIN
Dass Sie noch immer Mamas braver Bub sind
ER
Dass in unserer Wohnung Juden gelebt haben
Vor dem Anschluss
Wir leben im Jahr Zweitausendundacht
THERAPEUTIN
Und
ER
Was und
THERAPEUTIN
Haben Juden in Ihrer Wohnung gelebt

ER
Darum geht es ja nicht
THERAPEUTIN
Worum denn
ER
Ich weiß es nicht
Ich käme nicht einmal auf die Idee
Wissen Sie
Wer vor siebzig Jahren in diesem Zimmer saß
THERAPEUTIN
Nein
ER
Sehen Sie
THERAPEUTIN
Was
ER
Sie sind so klug
Sie wissen alles
Vor allem über mich
Aber das wissen Sie nicht
THERAPEUTIN
Ich weiß leider auch nicht alles
ER
Vielleicht saß ja vor siebzig Jahren ein Kommunist
auf dem Stuhl
Auf dem Sie jetzt sitzen
Und wusste dass sie ihn holen werden morgen
Und vielleicht hat er eine Pistole genommen
Und sich auf den Stuhl gesetzt
Die Internationale gesungen oder ein Vaterunser gebetet
Und sich dann auf dem Stuhl
Auf dem Sie jetzt sitzen
Eine Kugel in den Kopf geschossen

THERAPEUTIN
Ich weiß es nicht
Wie gesagt
Wie kommen Sie jetzt auf Selbstmord
ER
Ein Beispiel
Ein drastisches Beispiel
Das drastischste
Wenn sie ihn erschossen hätten
Wären die andern ganz alleine Schuld
Aber so
THERAPEUTIN
Aber so
ER
Aber so hat er nicht alles versucht
THERAPEUTIN
Was hat das mit Ihrer Wohnung zu tun
ER
Nichts
Das ist es ja
Ich weiß nicht wer vor siebzig Jahren aus meinem Fenster blickte
Ich weiß es nicht
Und ich will es nicht wissen
THERAPEUTIN
Und das treibt Ihre Frau auf die Palme
ER
Mich treibt das auf die Palme
Wissen Sie was ich auf der Palme tun würde
THERAPEUTIN
Was würden Sie denn auf der Palme tun
ER
Mit Kokosnüssen werfen

Mit großen harten Kokosnüssen
Und wenn jemand getroffen ist und nach oben schaut
Bin ich schon auf der nächsten Palme
Wenn ich in Amerika wäre
Oder in China
Oder auf Malta
Oder in Aserbaidschan
Fast überall sonst
Müsste ich mir diese Gedanken nicht machen
Dann könnte ich ohne
Dann könnte ich einfach so in der Sauna sitzen
Und mir nichts dabei denken
Wenn zum Aufguss ein Duft aus einem Röhrchen
in die Kammer strömt
THERAPEUTIN
Woran denken Sie denn
ER
Ich hätte ja nicht daran gedacht
Aber sie
Einmal mit ihr in der Sauna und nie wieder
Ihr hat nur geekelt
Vor den Menschen
Vor ihrer Sprache
Vor ihren Witzen
Ihrem Lachen
Ihren fetten Bäuchen
Und glaubst du einer von denen denkt sich was dabei
Sagte sie zu mir im Warmwasserbecken
Ich hatte eine Erektion
Es war ja schon spät und niemand im Becken
Wenn der Geruch aus dem Röhrchen strömt
Und jetzt muss ich jedes Mal daran denken
Aber glauben Sie nicht

Dass die andern sich alle nichts dabei denken
Unlängst in der Sauna
Sagte einer vor dem Aufguss
Er stand vor den Knöpfen die man drückt um den
Geruch hereinströmen zu lassen
Mango Lavendel Rosmarin Orange
Womit soll ich euch heute vergasen
Die Leute lachten
THERAPEUTIN
Und Sie
ER
Ich habe den Kopf geschüttelt
THERAPEUTIN
Den Kopf geschüttelt
ER
Ja den Kopf geschüttelt
Verdammt nochmal den Kopf geschüttelt
THERAPEUTIN
Warum erzählen Sie mir das
ER
Das müssen ja Sie wissen
THERAPEUTIN
Könnte es sein dass
ER
Ich sage Ihnen warum
Weil ich noch im selben Moment dachte
Wenn sie mich sehen könnte
Ich sah mich mit ihrem Blick
Ich sah wie sie mich verachtete
Weil ich einfach da saß
Leise den Kopf schüttelte
Eher zu mir
Und nichts sagte während alle lachten

Und wenn einer meiner Freunde oder meiner
Kollegen etwas sagt
Was man nicht sagen darf
Was sie sagt
Dass man nicht sagen darf
Was man ihr sagt
Dass man nicht sagen darf
Sehe ich mich mit ihrem Blick
THERAPEUTIN
Was sehen Sie dann
ER
Wie sie mich verachtet
Für meine Mittelmäßigkeit
THERAPEUTIN
Mittelmäßigkeit
Glauben Sie dass es das ist
ER
Für meine Normalität
Das ist es
Normalität
Sie verachtet mich
Sie hasst mich für meine Normalität
Weil ich ein ganz normaler Mensch bin
Der gut mit anderen auskommen will
Der sich für nichts Besseres hält
Das Leben ist ja so kurz
Das Leben ist ja keine Generalprobe
Für meine Normalität hasst sie mich
Weil sie geisteskrank ist
Zerfressen
Angefressen
Aus dem Häuschen
lacht

Aus dem Häuschen
THERAPEUTIN
Wie kommen Sie jetzt aufs Theater
Das Leben keine Generalprobe
ER
Sagt man halt
THERAPEUTIN
Habe ich noch nie gehört
Sind Sie auf der Generalprobe oder bei der Premiere
Oder bei irgendeiner Vorstellung nach der Premiere
ER
Ich bin ja kein Schauspieler
Ich nicht
Ich bin ja normal
So normal dass es ihr weh tut
THERAPEUTIN
Sie kennen den Spruch von der missglückten Generalprobe und der geglückten Premiere
Wenn das Leben keine Generalprobe ist
Muss folglich etwas missglückt sein
ER
Die Beziehung in Frage gestellt
THERAPEUTIN
Sie kamen zu mir kurz nachdem Sie in die neue Wohnung gezogen waren
ER
Vor zwei Jahren
Ja
THERAPEUTIN
Und seitdem hat sich einiges verbessert
Keine Panikattacken
Sie schlafen ruhig

ER
Ich habe die letzten Tage nicht geschlafen
Gar nicht
THERAPEUTIN
Ihr Großvater ist gestorben
Sie sind eingezogen
Sie waren froh über die geräumige Wohnung
Keine Miete
Sie haben alles renoviert
Die alten Möbel
Auf denen Sie als Kind mit Ihren Großeltern saßen
Gegen neue getauscht
Sie haben die Tapeten von den Wänden gerissen
Den PVC aus dem Boden
Eine ganz andere Wohnung
Sagten Sie
Nicht wiederzuerkennen
ER
Wir waren so glücklich
THERAPEUTIN
Sie wollten sie nicht wiedererkennen
ER
Blödsinn
THERAPEUTIN
Kann es nicht sein
Dass Sie mit den Möbeln und den Tapeten und dem PVC
Ihre Großeltern entsorgen wollten
ER
Ich habe meine Großeltern geliebt
THERAPEUTIN
Aber sie waren auch streng
ER
Sie kamen aus einer anderen Zeit

THERAPEUTIN
Sehen Sie
ER
Sie waren keine Nazis
THERAPEUTIN
Die Juden und die Amerikaner
ER
Das war Dummheit
Er war kein gebildeter Mensch
Er ist ja aus dieser Stadt nie herausgekommen
Ein paar Mal auf Urlaub
Ungarn Jugoslawien Griechenland
Aber eigentlich nicht weggekommen
THERAPEUTIN
Außer nach Polen und Russland
ER
Mit fünfzehn
Verstehen Sie
Mit fünfzehn
THERAPEUTIN
Das wollten Sie alles entsorgen
Und jetzt lässt es sich nicht entsorgen
ER
Er war ein guter Mensch
Hilfsbereit
Tüchtig
Bescheiden
THERAPEUTIN
Seine Freunde
Die alten Nazis
Wie Sie sagen
ER
Mitläufer

Verblendete
Einfaltspinsel
Dumme Buben vom Land
Ein paar Jahre Volksschule
Kein Geld
An der Bezirksgrenze war ihre Welt zu Ende
Leicht verführbar
THERAPEUTIN
Sie waren mit fünfzehn in ein Mädchen aus der Maturaklasse verliebt
Das Sie gehänselt hat
Sie wollten Arzt werden
Und wurden Arzt
ER
Das waren andere Zeiten
THERAPEUTIN
Woher die Schuld
ER
Vom Großvater
Meinetwegen
Aber in seinem Inneren ein guter Mensch
THERAPEUTIN
Und diese Schuld hat sich über den Vater auf Sie übertragen
ER
Die Freunde kann man sich aussuchen
Die Familie nicht
THERAPEUTIN
Man kann sich eine befreundete Familie aussuchen
ER
Soll ich mich von Widerstandskämpfern adoptieren lassen
SIE
Könnte es sein
Dass Sie sich Ihre Frau gerade deshalb ausgesucht haben

ER
Sie
Sie
Sie
Mich dürfte es ja gar nicht geben wenn es nach ihr ginge
Verstehen Sie
Wenn es nach ihr ginge hätte man alle Nazis töten müssen
Ermorden
Hinrichten
Weg mit ihnen
Damit ein neuer Anfang möglich ist
Aber dann gäbe es mich ja gar nicht
Wenn alle Soldaten ermordet worden wären
Die geplündert und gemordet und weiß der Teufel
 was haben
Wo ist dann der Unterschied zu den Kindern und
 Enkeln der Juden
Die überlebt haben
Die hätte es ja auch nicht geben sollen
Warum können wir uns denn nicht versöhnen
THERAPEUTIN
Noch einmal
Haben Juden in Ihrer Wohnung gelebt

Vier
Sie sieht, sie sieht, was Er nicht sieht

Wohnzimmer. Geschirr mit Essensresten, halbleere Gläser, im Hintergrund ein Laptop. SIE tippt, bevor sie aufsteht. ER liegt auf der Couch.

SIE
Timon von Athen
So ein Idiot
Ich möchte wissen was für ein Idiot dieser Idiot ist
Und dann antwortet er stundenlang nicht
ER
Deine Sorgen möchte ich haben
SIE
Zuerst dachte ich
Er schreibe immer während der Bürozeiten
Und wenn es einen Artikel gibt
Der mit dem Nationalsozialismus zu tun hat
Gibt er seinen Senf dazu
ER
Vielleicht solltest du das nicht so ernst nehmen
SIE
Ich nehme ihn nicht ernst
Er treibt mich zur Weißglut
ER
Die Menschen wollen halt auch mitreden dürfen
SIE
Wenn sie etwas zu sagen hätten
ER
Das ist ja Demokratie
Man muss einen Text nicht einfach schlucken

Eine Meldung nicht einfach hinnehmen
Man kann seinen Senf dazugeben
SIE
Timon von Athen hat begonnen
Ich habe geantwortet
Siebenmal hin und her
Siebenmal hat er seinen Senf dazugegeben
Bis achtzehn Uhr
ER
Wie viel Zeit die Leute haben
SIE
Immer nur bei diesen Artikeln
Immer nur bei Meldungen über Raubkunst Antisemitismus Aufarbeitung der Vergangenheit
ER
Timon von Athen
SIE
Vielleicht war er einmal in seinem Leben in einem Theater
Vielleicht ist er auch so ein Bürgersöhnchen mit Säbel und Käppchen und Schärpe
Nur die Mädchen schauten ihn in der Schule nicht an
Und im Kindergarten wollten sie nicht mit ihm spielen
Und die andern Buben aßen ihm in der Pause die Jause weg
ER
Worum ging es denn
SIE
Um das Begräbnis
Um den Kaugummi
Um alles
ER
Und Timon
SIE
Kritische Fragen

Sogenannte kritische Fragen
Aber immer entschuldigend
Immer Bei uns ist doch alles gut jetzt
ER
Soll ich abwaschen
SIE
Abwatschen könnte ich ihn

ER ab. SIE sammelt das Geschirr ein, trinkt ein Glas leer, putzt die Essensreste in einen Kübel. Dann stellt sie sich mit einer Zigarette und einem Glas Wein ans Fenster.

SIE
Ich seh ich seh was du nicht siehst
lacht
Ich seh ich seh was du nicht siehst
Und das ist braun
lacht, trinkt
Ich seh ich seh was du nicht siehst
Und das ist rot
lacht lauter, trinkt
Ich seh ich seh was du nicht siehst
Und das ist gelb
das Glas fällt ihr aus der Hand, auf die Straße
Entschuldigung
Um Himmels Willen

ER kommt ins Zimmer, stellt sich neben SIE.

ER
Bist du verrückt
SIE
Unabsichtlich

Das war unabsichtlich
ER
Du hättest
Weißt du was
SIE
Ich seh ich seh was du nicht siehst
ER
Gespenster siehst du
SIE
ruft aus dem Fenster
Und das sind Gespenster
Er hat Recht
Mein Mann hat Recht
Mein normaler gesunder Mann
Einmal die Woche Psychotherapie
Hat Recht
Ich seh ich seh was ihr nicht seht
Ich hör ich hör was er nicht hört

ER zerrt SIE vom Fenster weg und schließt es. SIE reißt sich los, zeigt ihm die Zunge. SIE legt sich auf die Couch und schließt die Augen.

SIE
Was glaubst du wie es war
ER
Natürlich haben die Juden gegen ihn Stimmung gemacht
SIE
Warum sollten sie das getan haben
ER
Saloniki
SIE
Woher weißt du das

ER
Ich lese auch hin und wieder Zeitungen
SIE
Woher du weißt worum es in der Diskussion mit Timon ging
ER
Worum hätte es denn gehen sollen
SIE
Spionierst du mir nach
ER
Das ist alles unschwer zu erraten
SIE
Dann rate mal Ratefuchs
Ich bin der Sohn
Du bist der Vater
Du hast dich gerade zum Äußersten entschlossen
ER
Wo bist du jetzt wieder
SIE
Hier
Unschwer zu erraten
Variante eins
Er weckt ihn und erklärt ihm warum
ER
Das ist nicht lustig
SIE
Natürlich nicht
ER
Manchmal habe ich Angst vor dir
Um dich
SIE
Variante zwei
Vielleicht ist dir Variante zwei lieber
reißt die Augen auf, als erwachte sie eben

Papa
Was
Papa
Was tust du
Dieser Blick
Du bist so
Was
sackt nach hinten, schließt die Augen
ER
Du bist krank
Schätzchen du bist sehr sehr krank
Manchmal tust du mir unsagbar leid
SIE
Hast du's jetzt gehört
zerrt ihn mit sich Richtung Couch
Variante drei also
Stimmt's
Du glaubst an Variante drei
Papa
Was wird jetzt aus uns
Meine Freunde sind alle weg
Nach Wien
Und von dort wollen sie ins Ausland
Ich gehe an Pauls Haus vorbei
Aber der Junge der jetzt hineingeht ist nicht Paul
Ich gehe ins Geschäft
Aber hinter der Kassa sitzt nicht mehr Herr Löwy und sagt Jó napot kívánok
Ich gehe beim Hutmacher vorbei
Aber Herr Glaser winkt mir nicht mehr aus dem Fenster zu
Und die Grete ist weg
Papa
Die Grete ist irgendwo auf der Welt

Ohne ihre Briefmarkensammlung
Und wenn sie ihre Briefmarkensammlung nicht ansehen kann
Denkt sie auch bestimmt nicht mehr an mich
Papa
Wir sind so allein
ER
Hör mal Schätzchen
SIE
Ich höre es
ER
Du weißt doch
Dass ich das genauso schlimm finde
SIE
Das könnte Timon von Athen geschrieben haben
ER
Aber wir können nichts dafür
Verstehst du
Gar nichts
SIE
Abgesehen davon dass wir in der Wohnung wohnen
ER
Bist du verrückt
SIE
Ich weiß es
Ich spüre es
ER
Spüren
Spüren
Du spürst dich selbst nicht mehr
SIE
Du weißt auch dass mit dieser Wohnung etwas nicht stimmt
ER
Ich weiß nur dass wir diese Wohnung bekommen haben

SIE
Du
ER
Für uns
Damit wir glücklich sind
SIE
Fahren wir nach Eisenstadt
Ins Archiv
Da kann man sich erkundigen
Und
ER
Ich will mich nicht erkundigen
Wenn etwas wäre
Was brächte das
SIE
Gewissheit
ER
Und dann würden wir nur noch flüstern
Und mit gesenkten Köpfen herumschleichen

SIE öffnet das Fenster, steckt den Kopf hinaus, bevor sie zum Laptop geht und zu tippen beginnt.

SIE
So lieber Timon von Athen
Du schreibst also auch abends
Manchmal zumindest
Längere Bürozeiten was
Nachtdienst
Du musst eine sehr bemitleidenswerte Kreatur sein

ER
Hast du was gesagt
SIE
Nicht zu dir
Auch zu dir

Fünf
Verstummt

ER
Bist du stumm geworden oder so
Oder findest du das witzig
Hallo
Ist da jemand
Man wird dir doch nicht über Nacht die Stimmbänder entfernt haben
Du schweigst aber schön
Wie schön du schweigst Schätzchen
Du schweigst wie die alten Nazis über ihre Verbrechen
Wie dieser Staat über seine Verantwortung schweigst du
SIE legt sich auf die Couch, schließt die Augen.
Als ob dir die Worte entwichen wären
Was soll ich unserem Kleinen einmal sagen
Deine Mama hat eines Tages nicht mehr gesprochen
Andererseits ist das eine große Gelegenheit für mich
Es kommt mir ohnehin vor als seist du meine Zensorin
Lass mich überlegen
Du hast unsere Beziehung in Frage gestellt
Also ein großes Fragezeichen in Klammer gesetzt
Aber nicht weil ich dich betrogen hätte
Nicht weil ich dich geschlagen hätte
Nicht weil ich ein Säufer wäre
Nicht weil ich auf einmal draufgekommen wäre dass ich eigentlich schwul bin
Nicht weil ich mich nicht um unser Kind kümmerte
Sondern
Weil

Ich nicht mit dir Vater und Sohn und Mord und
Selbstmord gespielt habe
Vielleicht sollte ich auch posten
Vielleicht sollte ich unseren Fall posten
Wie könnte ich mich nennen
Lass mich überlegen
Nein
Sag nichts
Baldur von Schirach
Wie wär's damit
Oder Kurt Waldheim
Auch nicht
Soll ich mich Wüstenfuchs nennen
Hans Frank und der Neue Kategorische Imperativ
Sag nichts
Wie wär's mit Ribbentrop
Rumpelstilzchen
Ich werde mich Rumpelstilzchen nennen und
unseren Fall posten
Die in Frage gestellte Beziehung
Titel
Und je nachdem wie die anderen urteilen
Entscheiden wir
Reden ist Silber
Und Schweigen ist Gold
Draußen wird's milder
Du warst mir mal hold
Die Stille macht mich zum Poeten
Du hast den ersten Platz
Ich den zweiten
Gold
Silber

Dass es nicht umgekehrt ist
Dass du mich nicht mehr willst weil ich ein
  böser Mensch bin
Könnte ich ja verstehen
Aber wenn du in einen anderen verliebt wärst
Würde es mir das Herz brechen
Ja Schätzchen das Herz
Vielleicht ist alles ganz anders
Vielleicht hast du dich ja in diesen Menschen
Dessen Gesicht niemand kennt
Mit dem du dir erbitterte Onlineschlachten lieferst
Was sich liebt das
Vielleicht hast du dich ja in Timon von Athen verliebt
SIE blickt verwundert auf.
In den großen Unbekannten
Von dem niemand weiß
Wer er ist
Aber vielleicht bin ich ja Timon von Athen
SIE
Dazu fehlt dir der Witz
Eklig genug bist du
Aber nicht witzig mitunter
ER
Finger abzählend
Dreizehn Worte
Halleluja
Zuerst stundenlange Stille
Angst um ihre Stimme
Angst um ihre Sprechfähigkeit
Und dann dreizehn schnelle Worte
Und noch dazu an einem Freitag
Ich habe mich immer gefragt

Was das letzte Wort sein könnte
Das einer spricht bevor er in einen Schweigeorden tritt
Und nie mehr spricht
Sprich mit mir Schätzchen
Ich liebe dich
SIE
Ich wollte immer anders leben
Richtig
ER
Ich bin Timon von Athen
SIE
Du bist leider du

Sechs
Therapiestunde

THERAPEUTIN
Haben Sie nicht vor zwei Wochen gesagt
Nie mehr einen Schauspieler
SIE
Ich habe auch schon einmal gesagt
Nie mehr einen Mann
THERAPEUTIN
Einen normalen Mann
Haben Sie gesagt
Einen stinknormalen gutaussehenden aufmerksamen lebendigen
SIE
Wohlhabenden
THERAPEUTIN
Mit einem normalen Beruf
Mit beiden Beinen am Boden
Wenn es sein muss ein Banker
Oder ein Arzt
SIE
Er ist anders
THERAPEUTIN
Inwiefern
SIE
Er hat so etwas Gerades
So etwas Unmittelbares
THERAPEUTIN
Wie war das mit den Masken
SIE
Wir tragen doch alle Masken

THERAPEUTIN
Haben Sie nicht gesagt dass man nie wisse
Ob das jetzt echt sei oder bloß eine weitere Rolle
SIE
Er verunsichert mich
Das gefällt mir
THERAPEUTIN
Wie verunsichert er Sie
SIE
Dass ich mir nicht gut genug vorkomme
Nicht ehrlich genug
Dass ich merke etwas verloren zu haben
Stück für Stück über die Jahre
Das ich nie verlieren wollte
Ohne das ich nie geworden wäre
Was ich bin
THERAPEUTIN
Können Sie das genauer erklären
SIE
Wir spielen dieses Stück
Und wenn wir über unsere Rollen sprechen
Merke ich dass nicht ich spreche
THERAPEUTIN
Wer denn
SIE
Schon wieder eine Nazigeschichte
Sagen meine Bekannten
Bist du eine Gute oder eine Böse
Und da spüre ich diesen Unmut ehrlich zu sein
Sie wissen ja was mein Problem ist
lacht
Was ein Hauptproblem meiner Probleme ist
Da ist diese Abwehrhaltung der anderen

THERAPEUTIN
Wer sind die anderen
SIE
Die meisten
In dem Moment wo ich erzähle
Dass ich wieder in so einem Stück spiele
Als wäre die Weltliteratur nur noch ein Nazistück
Spüre ich diese Wand
Diesen Vorbehalt
THERAPEUTIN
Wie spüren Sie den
SIE
Sie wollen das nicht mehr hören
Sie sagen sie kennen das ohnehin alles
Ob es keine anderen Themen gebe
Dass das Thema nicht mehr ziehe
Nur ich
Wenn ich eine solche Rolle spiele
Bin monatelang in einer Geschichte
Die die meisten nicht mehr hören wollen
Und wenn ich dann da sitze
In einem Café
Bei einem Abendessen
Und unwirsch antworte
Bin ich auf einmal die Spaßverderberin
THERAPEUTIN
Was hat das mit Ihrem Kollegen zu tun
SIE
Dass ich ihm gegenüber genauso rede
Dass das schon so in mir ist
Dass ich auch schon diesen Unwillen spüre
Aber niemand sagt
Schon wieder eine Liebesgeschichte

Schon wieder eine Banküberfallsgeschichte
Schon wieder eine Mafiageschichte
Schon wieder ein Königsdrama
THERAPEUTIN
Warum können Sie nicht offen mit ihm sprechen
SIE
Weil ich diesen Konsens auch hasse
All die guten Menschen
THERAPEUTIN
Wer
SIE
Die meisten von denen die nicht die meisten sind
Die ganz betroffen werden von einem Moment
auf den nächsten
Gläsrige Augen bekommen
Und schrecklich sagen
Und furchtbar
Die immer zumindest wissen
Wo die richtige Seite ist
So ganz allgemein
Die ihre Kinder Ruth und David nennen
Um gutzumachen was ihre Großeltern verbrachen
THERAPEUTIN
Und Ihr Kollege
SIE
Wir müssen diese Rollen spielen
Sagt er
Das ist wichtig
Ich muss gar nichts
Sage ich dann
Oder ich sage
Jeder Trottel der nicht weiß worüber er schreiben soll
Schreibt eine Nazigeschichte

THERAPEUTIN
Vielleicht müssen Sie sich von Ihrem Bühnenmann abgrenzen
SIE
Im Stück habe ich eine Onlinefehde mit einem
gewissen Timon von Athen
Der aber niemand anders ist als mein Mann
Der mich ärgern will
Der dann aber fürchtet
Ich könnte mich in Timon verliebt haben
Und gestern schickt er mir eine E-Mail
Liebste
Wir streiten doch nur um des Streitens willen
Wie wäre es mit einem Treffen in der Wirklichkeit
Wer weiß was uns erwartet
Samstag vielleicht
Dein Timon
THERAPEUTIN
Sie kennen die Nachricht auswendig
SIE
Es ist mein Beruf Texte zu lernen
THERAPEUTIN
Haben Sie gestern sonst noch Mails bekommen
SIE
Natürlich
THERAPEUTIN
Kennen Sie die auswendig
SIE
lacht
Nein
THERAPEUTIN
By heart sagt man auf Englisch
SIE

Sie sind eine Wortverdreherin
THERAPEUTIN
Haben Sie geantwortet
SIE
Ja
THERAPEUTIN
Was
SIE
Bei Sonnenuntergang vorm Riesenrad
Judith
THERAPEUTIN
Judith
SIE
Holofernes
Kopf ab
Sie wissen
THERAPEUTIN
lacht
Dann alles Gute
SIE
Bis nächste Woche

SIE gibt ihr die Hand und verlässt das Zimmer.
ER sitzt im Warteraum.

SIE
Guten Tag
ER
Tag

ER steht auf, schüttelt der Therapeutin die Hand
und setzt sich.

THERAPEUTIN
Wie steht es um die Infragestellung
ER
Sie spricht nicht mit mir
Sie ist verstummt
Sie sieht mich nicht an
Sie schläft auf der Couch
Sie kommuniziert nur über unseren Kleinen mit mir
THERAPEUTIN
Ist der nicht noch
ER
So ein Süßer bist du
Sagt sie
Obwohl du so einen schrecklichen Papa hast
Eines darf nie nie nie geschehen Süßer
Dass du so eklig wie dein Papa wirst
Nicht gut
Unterm Strich
THERAPEUTIN
Dafür sehen Sie aber gut aus
Im Vergleich zu letzter Woche
Schlafen Sie wieder
ER
Wie ein Stein
THERAPEUTIN
Vielleicht sind Sie viel stärker als Sie glauben
ER
Sie liebt mich doch
Irgendwie
THERAPEUTIN
Irgendwie
ER
Es ist mir zwar peinlich

Aber
THERAPEUTIN
Aber
ER
Aber andererseits ist mir vor Ihnen nichts mehr peinlich
Meine Frau verbringt die Hälfte ihrer Freizeit im Internet
Eine Kampfposterin
Dike
Die Göttin der Gerechtigkeit
Im Kampf gegen den immerwährenden Faschismus
Im Kampf gegen das Braune das am Ende doch alles überzieht
Allein der Name
Dike
Diese Anmaßung
Diese unglaubliche Anmaßung
Jedenfalls hat sie einen Spezialfeind in ihren Onlineschlachten
Timon von Athen
Und dieser Timon von Athen bekam gestern eine E-Mail von Dike
Sie würde ihn gern in der Wirklichkeit sehen
THERAPEUTIN
Und das finden Sie beruhigend
ER
Ich fände es sehr beunruhigend
Wenn ich nicht Timon von Athen wäre
THERAPEUTIN
Und das finden Sie beruhigend
ER
Beruhigend wäre nur eine einsame Insel
Außerhalb der Zeit

Sieben
Die Enthüllung

In einem Café. SIE sitzt an einem Tisch,
ER kommt ihr entgegen.

SIE
Du
ER
Hallo Dike
SIE
Was machst du hier
ER
Wir sind verabredet
SIE
Du hast mich verfolgt
Ich glaube es nicht
Beschattet hast du mich
ER
Sieh mal
deutet auf die Nelke in seinem Knopfloch
SIE
Wie kommst du dazu meine Mails zu lesen
ER
Ich habe deine Mails nicht gelesen
SIE
Wie kommst du dann hierher
In diesem Aufzug
ER
Weil ich Timon bin
SIE
Warum würdest du Timon sein

ER
Weiß ich nicht
SIE
So eine Distanzlosigkeit
ER
schiebt ihr einen Zettel zu
Das kommt aus meinem Posteingang
SIE
liest
Du tust mir leid
Erbärmliche Kreatur
Was muss in dir vorgehen
Wenn du mir alles erzählt hättest
Hättest du dir das Geld für die Therapie sparen können
Ich hätte dir gesagt woran du leidest
ER
An dir offensichtlich
An deiner Selbstgerechtigkeit
Dike
SIE
Mich ekelt
Vor dir
Vor dieser Wohnung
ER
Das ist siebzig Jahre her
SIE
Du weißt es also
ER
Das wäre siebzig Jahre her
SIE
In der Geschichte sind siebzig Jahre heute Morgen
Warum grinst du so blöd

ER
Du hast dich in Timon verliebt
SIE
Ich würde gerne wissen
Habe ich gesagt
Was für ein Idiot dieser Idiot ist
ER
Du konntest seine Antworten gar nicht erwarten
SIE
Er hat mich aufgeregt
Er hat mich wahnsinnig gemacht
Du bist sehr sehr krank
ER
Du wolltest ihn kennenlernen
Hier ist er
Timon von Athen
Jetzt kannst du ihn kennenlernen
Jetzt kann er dich kennenlernen
SIE
Welche Variante bevorzugt Timon
streift den Ring ab, schiebt ihn ihm zu
Zu den Leichen in der Wohnung meines Exmannes
Nein
Warte
Timon ist der Malermeister
Dessen Chef zufällig der Kreisleiter ist
Und dessen Firma auf einmal
So gut läuft wie nie zuvor
All die Wohnungen müssen frisch gestrichen werden
Neu ausgemalt
Wegen der Blutflecken
Wegen des Geruchs der Unreinen

O Timon ich sehe dich
Mit einer papiernen Schiffchenmütze am Kopf
Ganz in weiß
Mit Farbeimer und Pinsel
Von Wohnung zu Wohnung ziehen
Schöne Zeiten sind das Timon
Arbeit und Brot und Aufbruch
Und die Welt nimmt ihren Lauf
Und den hält man nicht auf
Ich kenne dich Timon
ER
Du kennst mich nicht
SIE
Dann hast du dich gut versteckt
Und erfolgreich
ER
Dike
Göttin der Gerechtigkeit
Wie schade dass du keine Jüdin bist
Wie schade dass deine Großeltern nicht ein Lager
überlebt haben
Da könntest du ein Buch schreiben
Und bei Diskussionen auftreten
Wie gern du eine Jüdin wärst
Oder die Enkelin kommunistischer Widerstandskämpfer
Am besten die Enkelin jüdisch kommunistischer
Widerstandskämpfer
Arme Dike
Dafür hast du dir in deinem schönen Köpfchen
Eine befreundete Familie gefunden
Und die ist mittlerweile so wirklich
Dass du in mir einen Feind der Menschheit siehst

SIE
zieht ihren Mantel an
Mach's gut Timon
Du darfst mich auf den Kaffee einladen

Acht
Silvester

Im Wohnzimmer. Draußen Feuerwerk, Korkenknallen.

SIE
Und jetzt ist es auch schon egal
Ich verbringe noch den letzten Tag des Jahres mit dir
Dann sind wir geschiedene Leute
ER
rezitierend
Als wir einst zerfielen in DU und ICH
Und unsre Betten standen HIER und DORT
Ernannten wir ein unauffällig Wort
Das sollte heißen: ich berühre dich.
SIE
Es scheint: solches Redens Freude sei gering
Denn das Berühren selbst ist unersetzlich
Doch wenigstens wurd „sie" so unverletzlich
Und aufgespart wie ein gepfändet Ding.
ER
legt ihr die Hand auf den Schenkel
Ich will dich gar nicht mehr berühren
SIE
streichelt seine Hand
Ich bin fast gleichzeitig mit unserem Zusammenkommen
mit dir zerfallen
ER
Und aufgespart hast du dich
Dass du jetzt die Petronas Towers kaufen könntest
SIE
Mein Bett kann gar nicht weit genug von deinem stehen

Dass ich mir nicht zumindest einbilde
Dich entsetzlich schnarchen zu hören
ER
Wir passen nicht zueinander
SIE
Du passt höchstens in eine biertrinkende Männerrunde
ER
Wenn du der Topf bist
Bin ich als Deckel viel zu klein
SIE
Wenn du der Topf bist
Brauchst du mich als Deckel nicht
Nicht einmal mit diesem kleinen Loch
Aus dem der Druck entweichen kann
Weil bei dir nichts brodelt
ER
Du hast mir auch nie gefallen
SIE
Ich habe dich immer widerlich gefunden
ER
Ich fand dich irgendwie unappetitlich
SIE
Und das bei deinem Appetit
Wie viel allein die Schneiderin kostete
Die jährlich
Dann monatlich deine Hosen weiter machen musste
ER
Spätestens als du morgens vor dem Spiegel dich zu begrüßen begonnen hast
Habe ich etwas wie Angst bekommen
SIE
Ich musste immer schneller als du sein
Weil es schwer ist sich schönzumachen

Während man sich mit einer Hand unentwegt die
Nase zuhalten muss
ER
Jetzt kann ich dir ja auch sagen
Dass ich mich gelangweilt habe wenn ich mit dir
schlafen musste
SIE
Ich war ja immer so müde von den anderen
ER
Kannst du mir sagen wer sich aufgeopfert hat
Ich würde ihnen gerne eine kleine Aufmerksamkeit
zukommen lassen
SIE
Bist du eigentlich immer schon so früh gekommen
ER
Hast du dich bei den andern auch nicht bewegt
SIE
Du kannst ja ehrlich sein jetzt
Hat eine Frau einmal zu lachen begonnen
Als sie dich nackt sah
Und dich gefragt ob das dein Ernst sei
ER
Ich habe mir irgendwann einmal gesagt
Lieber eine mit Haaren an den Beinen und unter den Achseln
Meinetwegen sogar einen kleinen gepflegten Damenbart
Alles nur nicht diese Verkrampftheit
SIE
Ich habe fast alle anderen Frauen um ihre Männer beneidet
Und das soll was heißen in dieser Stadt
ER
Ich bin viel klüger als du denkst
SIE
Ich denke ja kaum

ER
Es gibt da diesen Satz von Camus
Auf den ich unlängst gestoßen bin
Natürlich ist wahre Liebe eine Seltenheit
Die kaum zwei- oder dreimal
In einem Jahrhundert vorkommen mag
Alles andere ist Eitelkeit oder Langeweile
SIE
Bei mir war es die Langweile
küsst ihn
Du hast sie nur ins Unermessliche
Potenziert wollte ich schon sagen
Gesteigert
ER
Die Eitelkeit war es bei mir
Eine schöne Frau
Eine kluge Frau
Eine freche Frau
Sagten die anderen
Ich wusste ja dass es nicht stimmt
Aber soweit von der Wirklichkeit
Soweit von der Gegenwart
Das zumindest stimmte
SIE
Ich frage mich manchmal
Wie es Menschen
Sagen wir Schauspielern
Ergehen müsste
Die aus welchem Grund immer
Uns zu spielen hätten
ER
Er hätte eine große herausfordernde ja Lebensrolle
Sie müsste die ihre hassen

SIE
Die Schauspielerin müsste imstande sein
Zu spielen wie ich jeden Tag die andere von mir
Vor dir und allen anderen spiele
Spielte
Vergangenheit
Um nicht so allein zu sein
Das heißt
Die Schauspielerin müsste eine Schauspielerin aus Not spielen
Während du schon deiner Veranlagung nach
Zum Spielen völlig ungeeignet bist
Dir fehlt die Phantasie
Dir fehlt das Einfühlungsvermögen
Ich glaube du konntest nicht einmal als Kind mit Playmobilfiguren spielen
Mit den Indianern Piraten Müllmännern Rittern Feuerwehrleuten
Konntest du nicht spielen
Weil es dich nicht als Playmobilfigur gab
Aber warum hätte es so etwas Uninteressantes auch als Playmobilfigur geben sollen
ER
Gerade die uninteressanten Figuren sind die interessanten
SIE
Das wäre ja ökonomische Grenzdebilität
Wirtschaftlicher Kretinismus
Für einen Jungen eine Figur zu produzieren
Es sei denn dein Nazigroßvater
Hätte der Firma ein paar Tausend Stück abzunehmen versprochen
Damit du eine Armee bilden und die Sowjetunion angreifen kannst

ER
Deine Figur wäre die Pippi Langstrumpf
Pippi Langstrumpf dachte ich
Wann immer ich an dich dachte
Aber wahrscheinlich auch nur weil ich mich als
Vierzehnjähriger bei einer Faschingsfeier
In eine Pippi Langstrumpf verliebte
SIE
Und trotzdem hast du in deiner Verzweiflung noch versucht
In deinem Wissen dass keine mehr so blöd sein wird
dich zu nehmen
Als ein anderer an mich heranzukommen
Dich in mein Gehirn
In mein Herz
In meinen Schoß zu stehlen
ER
Bei Schoß denke ich an die Heilige Maria
Oder die Beschreibung einer Urgroßmutter
Ich wollte dich nur in den Wahnsinn treiben
Verstehst du
Ich wollte nur spielen mit dir
SIE
Du kannst nicht spielen
ER verschwindet hinter der Bühne, kommt mit dem Hut auf dem Kopf zurück und schenkt zwei Gläser voll.
ER
Zum Wohl
SIE
Aufs Neue Jahr
ER
Ich sollte dir keinen Alkohol geben mein Sohn
Wir leben in den finstersten Zeiten
Sie sind alle weg

Unsere Freunde
Unsere Bekannten
Unsere Gegner
Alle die
Von denen es auf einmal heißt
Dass sie alle gleich seien
Wir haben kein schönes Jahr hinter uns
Wir haben kein schönes Jahr vor uns
Das Glas ist zersplittert
Die Dachbalken sind eingekracht
Was uns gehört hat
Hat man uns genommen
Was uns Freude bereitet hat
Hat man uns verboten
Wir haben kein schönes Jahr vor uns
Du solltest noch nicht trinken
Aber trink mein Sohn trink ruhig
stößt mit ihr an, schenkt nach
Ich habe gesehen
Wie diese Menschen mit ihren Tieren umgehen
Sie haben mich gerufen
Wenn sie verzweifelt waren
Wenn die Kuh keine Milch mehr gab
Wenn die Hühner verrückt spielten
Selbst wenn die Katzen erbrachen
Und die Hunde Durchfall hatten
Ich habe gesehen
Wie diese Menschen mit ihren Tieren umgehen
Es hat mir nicht gefallen
Aber verglichen mit dem
Wie sie mit uns umgehen
Haben sie sie gut behandelt
Du solltest nicht trinken mein Sohn

Aber heute ist es gut
Trink ruhig trink
schenkt nach
Heute betrinken wir uns gemeinsam
Mein Sohn
Hörst du sie feiern draußen
Sie feiern gegen uns
Gegen dich
Gegen mich
Gegen Glaser und Löwy
Gegen Würzburger und Schlager
Gegen Paul und Grete
Gegen den letzten Rest an Menschlichkeit feiern sie
Sie haben Hüte auf
Und streuen Konfetti
Sie setzen sich Pappnasen auf
Und blasen in Tröten
Während niemand weiß
Wer aufschreibt was gesagt wird
Wenn sie im Rausch einmal nicht den vorgeschriebenen
  Text sprechen
Feiern sie ihren eigenen Untergang auch
Ihren Menschheitsuntergang
Es ist kurz vor Mitternacht
Mein Sohn
Wir haben nicht mehr viel Zeit
Die Zeiger zeigen ins Anderswo
Ins Nichtmehr zeigen sie
Ich weiß nicht
Ob es ein anderes Leben gibt
An eine andere Welt konnte ich nie glauben
Obwohl ich es wollte
Obwohl ich es hoffe jetzt ersehne

Vielleicht sehen sich alle
Die einander liebten
Irgendwo wieder
Ein großes Fest in einer anderen Zeit
Mit Speis und Tanz
Musik und Schweben
Ich weiß es nicht
Ich kenne nur diese Welt und diese Menschen
Und in dieser Welt mit diesen Menschen
Ist kein Platz für uns
Die Verschiedenen
Die auf einmal alle gleich sind
Und wenn sie einen für uns fänden
Wollte ich ihn nicht kennenlernen
Sie werden einen Platz für uns finden
Gegen den die Indianerreservate paradiesische Gefilde sind
SIE
Zählen wir wieder runter
Von dreizehn
ER
Heuer nicht
Wir stoßen an
Wir trinken aus
Und das war es dann
SIE
Es war zu Silvester
ER
Ich war am Friedhof
SIE
Man hört die Schüsse nicht
ER
Ein Grabstein am evangelischen Friedhof

SIE
Und wenn daneben jemand begraben wurde
In den ersten Jännerwochen neununddreißig
Stand der Nazi im Talar am offenen Grab
ER
An dem Grab vor dem ich stand
Stand niemand kurz nach Silvester
SIE
Sie haben Luftgräber erfunden
ER
Er ruft streicht dunkler die Geigen dann steigt ihr als
Rauch in die Luft
SIE
dann habt ihr ein Grab in den Wolken da liegt man nicht eng
ER
Vielleicht bekam die Grete ein Luftgrab
SIE
Der Hutmacher hat überlebt
Aber um seine Luftgräber zu zählen reichten
zwei Hände nicht
ER
Lass uns raus von hier
SIE
Ich will mit dir auf der Straße tanzen

Neun
Ein Neues Jahr

Auf der Straße. Lärm, Knallen, Sektkorken.

SIE
Oh guten Tag
Schönes Neues Jahr
THERAPEUTIN
Ihnen auch
Wie geht's Judith
SIE
Gut danke
Wiedersehen
THERAPEUTIN
Auf Wiedersehen
ER
Wer war das
SIE
Eine alte Bekannte
ER
Warum nannte sie dich Judith
SIE
Ein alter Scherz
ER
Soso
SIE
Was hast du
ER
Ich dachte du hättest den Namen für mich erfunden
SIE
Habe ich auch

In gewisser Weise
ER
Ich wusste ja nicht dass du auch andere so kennenlernst
SIE
Ich liebe dich
ER
Tust du das
SIE
Ich muss immer ans Äußerste denken
Und wenn ich ans Äußerste denke
Weiß ich
Tief bei mir
Dass du nicht auf der anderen Seite stündest
Im Hintergrund wird von zehn heruntergezählt,
sie umarmen und küssen einander.
ER
Kurz danach muss es passiert sein

Coverbild
Florian Lang

Florian Lang, geboren 1978 in Güssing, Burgenland, studierte zunächst Architektur, wechselte aber dann sehr bald an die Akademie der bildenden Künste in Wien. wo er nach einer fundierten Basisausbildung in mehreren Fächern, seinen Schwerpunkt in der Malerei und Grafik fand. Nach seiner ersten Einzelausstellung im OHO Oberwart, Burgenland, ging er für ein Semester an die renommierte Glasgow School of Art in Schottland und verbrachte danach ein halbes Jahr in London. In dieser Zeit kam es zu einer ersten internationalen Ausstellung in der Time Gallery, Greenwich.
Florian Lang lebt in Wien, ist freischaffender Künstler, Illustrator und immer wieder auch als Musiker national und international tätig.

www.florianlang.com

Ebenfalls erschienen in der edition lex liszt 12:

Clemens Berger
Der gehängte Mönch
Erzählungen

Vierzehn kürzere und längere Erzählungen, mit denen Clemens Berger Aufsehen erregend debütierte. Wir lesen von einer Exkursion mit den Freunden des Naturhistorischen Museums, in denen die Riemenzunge, der erste „gehängte Mönch" bestaunt wird, von einem Notarzt, der dem ehemaligen Gauleiter die Hilfe verweigert, von einer jungen Arbeitslosen, die gegen die Nachtfalter in ihrem Zimmer kämpft, von einem Waffenrad, das über einem Menschen liegt und vom Heiligen Koloman, dem zweiten „gehängten Mönch", dem rote Haare und eine fremde Sprache den Tod in Österreich brachten.

ISBN: 978-3-901757-33-4 / Preis: Euro 15,--

Clemens Berger
Miamou
oder Daß vier Stunden Schlaf genügen

Zwei Paare in einem Park: das eine jung, frisch verliebt, am Anfang; das andere kommt zum ersten Mal nach der Trennung wieder zusammen. Vier Welten, zwei Zwischenwelten, die einander beobachten und kommentieren, treffen in Clemens Bergers Hörspiel „Miamou oder Daß vier Stunden Schlaf genügen“ aufeinander. Da ist das Heimweh nach einem Gefühl, das so nie mehr zu haben sein wird, auf der einen, der Vorsatz, nie so werden zu wollen, auf der andern Seite. Dazwischen Songs und Gedichte. Liebe und Wahnsinn, Beschwörungen, Sex und Zigaretten – wozu sonst wäre ein Park gut?

Hörspiel von Clemens Berger
mit Katarina Hartmann, Wolfgang Kandler, Julia Kneussel und Christoph F. Krutzler
Musik: aesetra (Pascal Holper / Herbert Kopitar) Laufzeit: 63 Minuten

ISBN: 978-3-901757-65-5 / Preis: Euro 14,--

***

Pressestimmen

Nein sagen, fantasievoll genug sein, um im Fremden das Vertraute zu finden, Spuren von Auflehnung sichtbar machen, auch wenn sie sich nur im Abseitigen äußert, in der fragilen Gemeinschaft von Stammgästen eines Cafés oder von kauzigen Orchideensammlern auf Exkursion, in zielloser Sehnsucht und komplizierter Liebe, in der Weigerung oder Unfähigkeit, ein normales Leben zu führen: davon handeln Bergers Geschichten, und da er sie unbeirrt und mit originellen Mitteln zu Ende führt, ziehe ich vor ihm den Hut, "vom sich leicht nach vorn neigenden Kopf", respektvoll und einigermaßen dankbar.
Erich Hackl, Die Presse

In all den Geschichten merkt man die Freude, manchmal sogar den Spaß des Autors am Formulieren, ohne dass die Sprache zu einer Art Selbstträgheit abgehoben hätte. Ums Verwickeln geht es, auch das der Leser. Zuweilen tut er das ziemlich hinterfotzig. Ganz unschuldig führt Berger den Leser, quasi an der Hand nehmend, zu einer morschen Holzbank. Von dort weiter zu einem alten Waffenrad. Unter dem liegt einer. Und was tut man in so einer Situation? Na eben. Oder eben auch nicht. Berger ist nicht immer zu trauen. Aber wer möchte schon einem Autor trauen? Solange er so schön zu lesen ist.
Wolfgang Weisgram, Der Standard

In vierzehn Erzählungen und elf „Kürzestgeschichten" aus den Jahren 1999 bis 2003 erweist sich Clemens Berger als verspielter Wort- und Wendungskünstler, als lustvoller und souveräner Zeichner ernster und komischer, grotesker und absurder Geschichten. Dies ist umso erstaunlicher, als der 1979 in Güssing geborene und in Oberwart aufgewachsene Autor mit dem in der Edition Lex Liszt erschienenen Prosaband sein schriftstellerisches Debüt feierte.
Sabine Mayr, Literaturhaus Wien